El crimen de Lord Arthur Savile y otras historias

Oscar Wilde

El crimen de Lord Arthur Savile y otras historias

Nueva traducción al español
traducido del inglés por Guillermo Tirelli

ROSETTA EDU

Título original: *Lord Arthur Savile's Crime and Other Stories*

Primera publicación: 1912

Primera edición: Abril 2024

Publicado por Rosetta Edu
Londres, Abril 2024
www.rosettaedu.com

ISBN: 978-1-916939-93-6

CLÁSICOS EN ESPAÑOL

Rosetta Edu presenta en esta colección libros clásicos de la literatura universal en nuevas traducciones al español, con un lenguaje actual, comprensible y fiel al original.

Las ediciones consisten en textos íntegros y las traducciones prestan especial atención al vocabulario, dado que es el mismo contenido que ofrecemos en nuestras célebres ediciones bilingües utilizadas por estudiantes avanzados de lengua extranjera o de literatura moderna.

Acompañando la calidad del texto, los libros están impresos sobre papel de calidad, en formato de bolsillo o tapa dura, y con letra legible y de buen tamaño para dar un acceso más amplio a estas obras.

Rosetta Edu
Londres
www.rosettaedu.com

INDICE

El crimen de Lord Arthur Savile: Un estudio del deber

I

Era la última recepción de Lady Windermere antes de Pascua, y Bentinck House estaba aún más abarrotada que de costumbre. Seis Ministros del Gabinete habían llegado desde Speaker's Levée con sus estrellas y cintas, todas las mujeres guapas llevaban sus vestidos más elegantes, y al final de la pinacoteca se encontraba la Princesa Sofía de Carlsrühe, una pesada dama de aspecto tártaro, con pequeños ojos negros y maravillosas esmeraldas, hablando mal francés a los gritos y riéndose sin moderación de todo lo que se le decía. Era, sin duda, un maravilloso popurrí de gente. Preciosas mujeres de los Pares charlaban afablemente con violentos Radicales, populares predicadores rozaban los faldones con eminentes escépticos, un perfecto grupo de obispos seguía a una robusta *prima-donna* de una habitación a otra, en la escalera había varios miembros de la Real Academia, disfrazados de artistas, y se decía que en un momento dado el comedor estaba absolutamente abarrotado de genios. De hecho, fue una de las mejores noches de Lady Windermere, y la Princesa se quedó hasta casi las once y media.

En cuanto se hubo marchado, Lady Windermere regresó a la pinacoteca, donde un célebre economista político explicaba solemnemente la teoría científica de la música a un indignado virtuoso de Hungría, y se puso a hablar con la Duquesa de Paisley. Tenía un aspecto maravillosamente bello, con su gran garganta de marfil, sus grandes ojos azules de nomeolvides y sus pesados bucles de cabello dorado. *Or pur* eran... no ese pálido color pajizo que hoy en día usurpa el gracioso nombre de oro, sino un oro como el que se teje en los rayos del sol o se oculta en un extraño ámbar; y daban a su rostro algo del marco de una santa, con no poco de la fascinación de una pecadora. Ella era un curioso estudio psicológico. Temprano en la vida había descubierto la importante verdad de que nada se parece tanto a la inocencia como una indiscreción; y mediante una serie de escapadas imprudentes, la mitad de ellas bastante inofensivas, había adquirido todos los privilegios de una personalidad. Había cambiado más de una vez de marido; de hecho, Debrett le atribuye tres matrimonios; pero como nunca había cambiado de amante, hacía tiempo que el mundo había dejado de hablar escandalosamente de ella. Ahora tenía cuarenta años, sin hijos y con esa pasión desmedida por el placer que es el secreto para permanecer joven.

De repente miró ansiosamente alrededor de la habitación y dijo, con su clara voz de contralto: «¿Dónde está mi quiromántico?».

«¿Tu qué, Gladys?», exclamó la Duquesa, dando un respingo involuntario.

«Mi quiromántico, Duquesa; en este momento no puedo vivir sin él».

«¡Querida Gladys! Eres siempre tan original», murmuró la Duquesa, intentando recordar qué era realmente un quiromántico, y esperando que no fuera lo mismo que un quiropodista.

«Viene regularmente a ver mi mano dos veces por semana», continuó Lady Windermere, «y es de lo más interesante al respecto».

«¡Santo cielo!», se dijo la Duquesa, «después de todo es una especie de quiropodista. Qué horror. Espero que en todo caso sea extranjero. Entonces no sería tan malo».

«Sin duda debo presentártelo».

«¡Presentarme!», gritó la Duquesa; «¿no querrás decir que está aquí?» y empezó a buscar a su alrededor un pequeño abanico de concha de tortuga y un chal de encaje muy raído, para estar lista para salir en cualquier momento.

«Por supuesto que está aquí, no se me ocurriría dar una fiesta sin él. Me dice que tengo una mano psíquica pura, y que si mi pulgar hubiera sido un poquito más corto, habría sido una pesimista empedernida y me habría metido en un convento».

«¡Oh, ya veo!», dijo la Duquesa, sintiéndose muy aliviada; «¿dice la buena fortuna, supongo?». «Y también las desgracias», contestó Lady Windermere, «cualquier cantidad de ellas. El año que viene, por ejemplo, corro un gran peligro, tanto por tierra como por mar, así que voy a vivir en un globo, y prepararé mi cena en una cesta todas las noches. Lo tengo todo escrito en el dedo meñique, o en la palma de la mano, no recuerdo dónde».

«Pero seguramente eso es tentar a la Providencia, Gladys».

«Mi querida Duquesa, seguro que la Providencia puede resistir la tentación a estas alturas. Creo que a todo el mundo deberían avisarle una vez al mes, para saber lo que no debe hacer. Por supuesto, una lo hace igualmente, pero es tan agradable ser advertido. Ahora, si alguien no va a buscar a Mr. Podgers de inmediato, tendré que ir yo misma».

«Déjeme ir, Lady Windermere», dijo un joven alto y apuesto, que estaba de pie, escuchando la conversación con una sonrisa divertida.

«Muchas gracias, Lord Arthur; pero me temo que no le reconocerá».

«Si es tan maravilloso como dice, Lady Windermere, no podría perdérmelo. Dígame cómo es y se lo traeré enseguida».

«Bueno, no se parece en nada a un quiromántico. Quiero decir que no es misterioso, ni esotérico, ni de aspecto romántico. Es un hombre pequeño y corpulento, con una graciosa cabeza calva y grandes gafas de montura dorada; algo entre un médico de familia y un abogado rural. Lo siento mucho, pero no es culpa mía. La gente es muy molesta. Todos mis pianistas tienen exactamente el aspecto de los poetas, y todos mis poetas tienen exactamente el aspecto de los pianistas; y recuerdo que la temporada pasada invité a cenar a un conspirador de lo más espantoso, un hombre que había volado por los aires a muchísima gente, y que siempre vestía una cota de malla y llevaba un puñal en la manga de la camisa; ¿y sabe que cuando llegó tenía el mismo aspecto que un viejo y agradable clérigo, y estuvo contando chistes toda la velada? Por supuesto, fue muy divertido, y todo eso, pero me decepcionó terriblemente; y cuando le pregunté por la cota de malla, sólo se rió y dijo que era demasiado fría para llevarla en Inglaterra. Ah, ¡aquí está Mr. Podgers! Ahora, Mr. Podgers, quiero que le lea la mano a la Duquesa de Paisley. Duquesa, debe quitarse el guante. No, la mano izquierda no, la otra».

«Querida Gladys, la verdad es que no me parece del todo correcto», dijo la Duquesa, desabrochándose débilmente un guante de seda bastante sucio.

«Nunca nada interesante lo es», dijo Lady Windermere: *«on a fait le monde ainsi.* Pero debo presentarle. Duquesa, éste es Mr. Podgers, mi quiromántico favorito. Mr. Podgers, ésta es la Duquesa de Paisley, y si usted dice que ella tiene una montaña de la luna mayor que la mía, no volveré a creer en usted».

«Estoy segura, Gladys, de que no hay nada de eso en mi mano», dijo la Duquesa con gravedad.

«Su Alteza tiene mucha razón», dijo Mr. Podgers, mirando la pequeña mano gorda con sus cortos dedos cuadrados, «la montaña de la luna no está desarrollada. La línea de la vida, sin embargo, es excelente. Tenga la amabilidad de doblar la muñeca. Gracias. ¡Tres líneas distintas en la rascette! Vivirá hasta una gran edad, Duquesa, y será extremadamente feliz. Ambición... muy moderada, línea del intelecto no exagerada, línea del corazón...».

«Sea indiscreto, Mr. Podgers», gritó Lady Windermere.

«Nada me daría mayor placer», dijo Mr. Podgers, inclinándose, «si la Duquesa lo hubiera sido alguna vez, pero lamento decir que veo una gran permanencia del afecto, combinada con un fuerte sentido del deber».

«Continúe, Mr. Podgers», dijo la Duquesa, con cara de satisfacción.

«La economía no es la menor de las virtudes de Su Alteza», continuó Mr. Podgers, y Lady Windermere estalló en carcajadas. «La economía es algo muy bueno», comentó la Duquesa complacida; «cuando me casé Paisley tenía once castillos, y ni una sola casa apta para vivir».

«Y ahora tiene doce casas y ni un solo castillo», gritó Lady Windermere.

«Bueno, querida», dijo la Duquesa, «me gusta la...».

«Comodidad», dijo Mr. Podgers, «y mejoras modernas, y agua caliente lista en cada dormitorio. Su Alteza tiene toda la razón. La comodidad es lo único que nuestra civilización puede darnos».

Ha descripto usted admirablemente el carácter de la Duquesa, Mr. Podgers, y ahora debe describir el de Lady Flora»; y en respuesta a un gesto de la sonriente anfitriona, una muchacha alta, de pelo arenoso escocés y hombreras altas, salió torpemente de detrás del sofá y extendió una mano larga y huesuda con dedos espatulados.

«¡Ah, una pianista! Ya veo», dijo Mr. Podgers, «una excelente pianista, pero apenas un músico. Muy reservada, muy honesta, y con un gran amor por los animales».

«¡Muy cierto!», exclamó la Duquesa, volviéndose hacia Lady Windermere, «¡absolutamente cierto! Flora tiene dos docenas de perros collie en Macloskie, y convertiría nuestra casa del pueblo en una casa de fieras si su padre se lo permitiera».

«Bueno, eso es justo lo que yo hago con mi casa todos los jueves por la noche», exclamó Lady Windermere, riendo, «sólo que me gustan más los leones que los perros collie».

«Su único error, Lady Windermere», dijo Mr. Podgers, con una pomposa reverencia.

«Si una mujer no puede hacer que sus errores sean encantadores, no es más que una hembra», fue la respuesta. «Pero debe leer algunas manos más para nosotros. Venga, Sir Thomas, enséñele la suya a Mr. Podgers»; y un anciano caballero de aspecto agradable, con chaleco blanco, se adelantó y le tendió una mano gruesa y rugosa, con un tercer dedo muy largo.

«Una naturaleza aventurera; cuatro largos viajes en el pasado, y uno por venir. Ha naufragado tres veces. No, sólo dos veces, pero corre peligro de naufragar en su próximo viaje. Un Conservador fuerte, muy puntual, y con pasión por coleccionar curiosidades. Tuvo una grave enfermedad entre los dieciséis y los dieciocho años. Le dejaron una fortuna cuando tenía unos treinta años. Gran aversión a los gatos y a los

Radicales».

«¡Extraordinario!», exclamó Sir Thomas; «de verdad que también debe leer la mano de mi esposa».

«De su segunda esposa», dijo Mr. Podgers en voz baja, manteniendo aún la mano de Sir Thomas en la suya. «De su segunda esposa. Estaré encantado»; pero Lady Marvel, una mujer de aspecto melancólico, pelo castaño y pestañas sentimentales, declinó por completo que se expusiera su pasado o su futuro; y nada de lo que Lady Windermere pudiera hacer induciría a Monsieur de Koloff, el embajador ruso, ni siquiera a quitarse los guantes. De hecho, mucha gente parecía tener miedo de enfrentarse a aquel extraño hombrecillo con su sonrisa estereotipada, sus gafas de oro y sus ojos redondos y brillantes; y cuando le dijo a la pobre Lady Fermor, delante de todos, que a ella no le importaba nada la música, pero que le gustaban mucho los músicos, la opinión general fue que la quiromancia era una ciencia muy peligrosa y que no debía fomentarse, salvo en un *tête-a-tête*.

Sin embargo, Lord Arthur Savile, que no sabía nada de la desafortunada historia de Lady Fermor y que había estado observando a Mr. Podgers con gran interés, se sintió invadido por una inmensa curiosidad por que leyeran su propia mano y, sintiéndose algo tímido a la hora de presentarse, cruzó la sala hasta donde estaba sentada Lady Windermere y, con un encantador rubor, le preguntó si creía que a Mr. Podgers le importaría.

«Por supuesto, que no», dijo Lady Windermere, «para eso está aquí. Todos mis leones, Lord Arthur, son leones del espectáculo y pasan por el aro siempre que se lo pido. Pero debo advertirle de antemano que se lo contaré todo a Sybil. Ella vendrá a almorzar conmigo mañana, para hablar de bonetes, y si Mr. Podgers descubre que usted tiene mal carácter, o tendencia a la gota, o una esposa que vive en Bayswater, sin duda se lo haré saber todo».

Lord Arthur sonrió y sacudió la cabeza. «No tengo miedo», respondió. «Sybil me conoce tan bien como yo a ella».

«¡Ah! Siento un poco oírle decir eso. La base adecuada para el matrimonio es un malentendido mutuo. No, no soy nada cínica, simplemente tengo experiencia, que, sin embargo, es casi lo mismo. Mr. Podgers, Lord Arthur Savile se muere por que le lean la mano. No le diga que está prometido con una de las chicas más bellas de Londres, porque eso apareció en el *Morning Post* hace un mes».

«Querida Lady Windermere», gritó la Marquesa de Jedburgh, «deje que Mr. Podgers se quede aquí un poco más. Acaba de decirme que debería subir al escenario y estoy muy interesada».

«Si le ha dicho eso, Lady Jedburgh, sin duda me lo llevaré. Venga enseguida, Mr. Podgers, y léale la mano a Lord Arthur».

«Bueno», dijo Lady Jedburgh, haciendo una pequeña mueca al levantarse del sofá, «si no se me va a permitir subir al escenario, aunque sea se me debe permitir formar parte del público».

«Por supuesto; todos vamos a formar parte del público», dijo Lady Windermere; «y ahora, Mr. Podgers, asegúrese de decirnos algo bonito. Lord Arthur es uno de mis favoritos especiales».

Pero cuando Mr. Podgers vio la mano de Lord Arthur se puso curiosamente pálido y no dijo nada. Un escalofrío pareció atravesarle y sus grandes y pobladas cejas se movieron convulsivamente, de un modo extraño e irritante, tal como lo hacían cuando él estaba desconcertado. Entonces unas enormes gotas de sudor brotaron en su frente amarilla, como un rocío venenoso, y sus gordos dedos se volvieron fríos y húmedos.

Lord Arthur no dejó de advertir estos extraños signos de agitación y, por primera vez en su vida, él mismo sintió miedo. Su impulso fue salir corriendo de la habitación, pero se contuvo. Era mejor saber lo peor, fuera lo que fuera, que quedarse en aquella espantosa incertidumbre.

«Estoy esperando, Mr. Podgers», dijo.

«Todos estamos esperando», gritó Lady Windermere, con su manera rápida e impaciente, pero el quiromántico no respondió.

«Creo que Arthur va a subir al escenario», dijo Lady Jedburgh, «y que, después de que usted me regañó, Mr. Podgers teme decírselo».

De pronto, Mr. Podgers soltó la mano derecha de Lord Arthur y se apoderó de la izquierda, agachándose tanto para examinarla que los bordes dorados de sus gafas casi parecían tocar la palma. Por un momento su rostro se convirtió en una máscara blanca de horror, pero pronto recuperó su *sang-froid,* y mirando a Lady Windermere, dijo con una sonrisa forzada: «Es la mano de un joven encantador».

«¡Por supuesto que lo es!», respondió Lady Windermere, «¿pero será un marido encantador? Eso es lo que quiero saber».

«Todos los jóvenes encantadores lo son», dijo Mr. Podgers.

«No creo que un marido deba ser demasiado fascinante», murmuró Lady Jedburgh pensativa, «es tan peligroso».

«Mi querida niña, nunca son demasiado fascinantes», exclamó Lady Windermere. «Pero lo que quiero son detalles. Los detalles son lo único que interesa. ¿Qué le va a ocurrir a Lord Arthur?»

«Bueno, en los próximos meses Lord Arthur se irá de viaje...». «¡Oh sí, su luna de miel, ¡por supuesto!».

«Y perder a un familiar».

«¿No será su hermana, espero?», dijo Lady Jedburgh, con un tono de voz lastimero.

«Ciertamente no es su hermana», respondió Mr. Podgers, con un gesto despectivo de la mano, «un pariente lejano simplemente».

«Bueno, estoy terriblemente decepcionada», dijo Lady Windermere. «No tengo absolutamente nada que decirle a Sybil mañana. Hoy en día a nadie le importan los parientes lejanos. Pasaron de moda hace años. Sin embargo, supongo que será mejor que tenga un trozo de seda negra a su lado; siempre viene bien para la iglesia, ya sabe. Y ahora vayamos a cenar. Seguro que se lo han comido todo, pero puede que encontremos algo de sopa caliente. François solía hacer una sopa excelente una vez, pero está tan agitado por la política en la actualidad, que nunca me siento segura de él. Me gustaría que el General Boulanger se callara. Duquesa, estoy segura de que está cansada».

«En absoluto, querida Gladys», contestó la Duquesa, contoneándose hacia la puerta. «He disfrutado enormemente, y el quiropodista, quiero decir el quiromántico, es de lo más interesante. Flora, ¿dónde puede estar mi abanico de concha de tortuga? Oh, muchas gracias, Sir Thomas. ¿Y mi chal de encaje, Flora? Oh, gracias, Sir Thomas, muy amable, estoy segura...», y la digna criatura consiguió finalmente bajar las escaleras sin que se le cayera el frasco de perfume más de dos veces.

Todo este tiempo Lord Arthur Savile había permanecido de pie junto a la chimenea, con la misma sensación de pavor sobre él, la misma sensación enfermiza del mal que se avecinaba. Sonrió tristemente a su hermana, cuando ésta pasó junto a él del brazo de Lord Plymdale, con un aspecto encantador en su brocado rosa y sus perlas, y apenas oyó a Lady Windermere cuando le llamó para que la siguiera. Pensó en Sybil Merton, y la idea de que algo pudiera interponerse entre ellos hizo que sus ojos se empañaran de lágrimas.

Mirándolo, uno habría dicho que Némesis había robado el escudo de Palas y le había mostrado la cabeza de la Gorgona. Parecía convertido en piedra, y su rostro era como el mármol en su melancolía. Había vivido la vida delicada y lujosa de un joven de nacimiento y fortuna, una vida exquisita en su libertad de cuidados sórdidos, su hermosa despreocupación juvenil; y ahora, por primera vez, tomó conciencia del terrible misterio del Destino, del espantoso significado de la Perdición.

¡Qué loco y monstruoso parecía todo! ¿Podría ser que escrito en su mano, en caracteres que él mismo no podía leer, pero que otro podía descifrar, hubiera algún temible secreto de pecado, alguna señal roja de sangre de crimen? ¿No había escapatoria posible? ¿No éramos más que piezas de ajedrez, movidas por un poder invisible, vasijas que el alfarero moldea a su antojo, para el honor o para la vergüenza? Su razón se rebelaba contra ello y, sin embargo, sentía que alguna tragedia se cernía sobre él y que de repente había sido llamado a soportar una carga intolerable. Los actores son muy afortunados. Pueden elegir si aparecerán en la tragedia o en la comedia, si sufrirán o se alegrarán, si reirán o derramarán lágrimas. Pero en la vida real es diferente. La mayoría de los hombres y mujeres se ven obligados a interpretar papeles para los que no están cualificados. Nuestros Guildensterns interpretan a Hamlet para nosotros, y nuestros Hamlets tienen que bromear como el Príncipe Hal. El mundo es un escenario, pero la obra tiene mal reparto.

De repente, Mr. Podgers entró en la sala. Al ver a Lord Arthur se sobresaltó y su rostro tosco y gordo adquirió una especie de color amarillo verdoso. Los ojos de los dos hombres se encontraron y durante un momento se hizo el silencio.

«La Duquesa se ha dejado aquí uno de sus guantes, Lord Arthur, y me ha pedido que se lo lleve», dijo finalmente Mr. Podgers. «¡Ah, ahí lo veo, en el sofá! Buenas noches».

«Mr. Podgers, debo insistir en que me dé una respuesta directa a una pregunta que voy a hacerle».

«En otra ocasión, Lord Arthur, la Duquesa está ansiosa. Me temo que debo ir». «No debe ir. La Duquesa no tiene prisa».

«No hay que hacer esperar a las damas, Lord Arthur», dijo Mr. Podgers, con su sonrisa enfermiza. «El sexo débil tiende a impacientarse».

Los labios finamente cincelados de Lord Arthur se curvaron con petulante desdén. La pobre Duquesa le parecía de muy poca importancia en aquel momento. Él atravesó la habitación hasta donde se encontraba Mr. Podgers y le tendió la mano.

«Dígame lo que vio allí», dijo. «Dígame la verdad. Debo saberla. No soy un niño».

Los ojos de Mr. Podgers parpadeaban tras sus gafas de montura dorada y se movía inquieto de un pie a otro, mientras sus dedos jugaban nerviosos con la cadena de un reloj de pulsera.

«¿Qué le hace pensar que vi algo en su mano, Lord Arthur, más de lo que le dije?».

«Sé que lo hizo, e insisto en que me diga qué fue. Le pagaré. Le daré un cheque de cien libras».

Los ojos verdes brillaron un instante y luego volvieron a apagarse.

«¿Guineas?», dijo por fin Mr. Podgers, en voz baja.

«Por supuesto. Le enviaré un cheque mañana. ¿Cuál es su club?».

«No tengo club. Es decir, no por el momento. Mi dirección es... pero permítame que le dé mi tarjeta», y sacando del bolsillo de su chaleco un trozo de cartulina con bordes dorados, Mr. Podgers se la entregó, con una leve inclinación, a Lord Arthur, que leyó en ella,

MR. SEPTIMUS R. PODGERS
Quiromántico profesional
103a West Moon Street

«Mi horario es de diez a cuatro», murmuró mecánicamente Mr. Podgers, «y hago un descuento a familias».

«Rápido», gritó Lord Arthur, muy pálido, y tendiendo la mano.

Mr. Podgers miró nerviosamente a su alrededor y descorrió la pesada portezuela de la puerta.

«Tomará un poco de tiempo, Lord Arthur, será mejor que se siente».

«Dese prisa, señor», volvió a gritar Lord Arthur, dando un pisotón furioso en el suelo pulido.

Mr. Podgers sonrió, sacó del bolsillo de su pecho una pequeña lupa y la limpió cuidadosamente con su pañuelo.

«Estoy completamente listo», dijo él.

II

Diez minutos más tarde, con el rostro pálido por el terror y los ojos desorbitados por la pena, Lord Arthur Savile salió corriendo de Bentinck House, abriéndose paso entre la multitud de lacayos con abrigos de piel que rodeaban el gran toldo a rayas, y en apariencia no viendo ni oyendo nada. La noche era muy fría, y las lámparas de gas que rodeaban la plaza llameaban y parpadeaban bajo el viento cortante; pero él tenía las manos calientes por la fiebre y la frente le ardía como el fuego. Avanzaba y avanzaba, casi a la manera de un borracho. Un policía le miró con curiosidad al pasar, y un mendigo, que se descolgaba de un arco para pedir limosna, se asustó al ver una miseria mayor que la suya. Una vez se detuvo bajo una lámpara y se miró las manos. Creyó detectar la mancha de sangre ya en ellas, y un débil grito brotó de sus temblorosos labios.

¡Asesinato! Eso es lo que el quiromántico había visto allí. ¡Asesinato! La misma noche parecía saberlo, y el viento desolado aullarlo a su oído. Los oscuros rincones de las calles estaban llenos de él. Le sonreía desde los tejados de las casas.

Primero llegó al Parque, cuya sombría arboleda parecía fascinarle. Se apoyó cansinamente en la barandilla, refrescándose la frente contra el húmedo metal y escuchando el trémulo silencio de los árboles. «¡Asesinato! ¡Asesinato!», repetía una y otra vez, como si la iteración pudiera atenuar el horror de la palabra. El sonido de su propia voz le hacía estremecerse, pero casi esperaba que Eco pudiera oírle y despertar a la adormecida ciudad de sus sueños. Sintió un deseo loco de detener al transeúnte casual y contárselo todo.

Luego atravesó Oxford Street y se adentró en callejuelas estrechas y vergonzosas. Dos mujeres con la cara pintada se burlaron de él a su paso. De un patio oscuro le llegó un sonido de juramentos y golpes, seguido de gritos estridentes, y, acurrucado en el húmedo umbral de una puerta, vio las formas encorvadas de la pobreza y la vejez. Una extraña piedad se apoderó de él. ¿Estaban estos hijos del pecado y la miseria predestinados a su fin, como él al suyo? ¿Eran, como él, meras marionetas de un monstruoso espectáculo?

Y sin embargo, no fue el misterio, sino la comedia del sufrimiento lo que le impresionó; su absoluta inutilidad, su grotesca falta de sentido. ¡Qué incoherente parecía todo! ¡Cuán carente de toda armonía! Le asombraba la discordia entre el optimismo superficial de la época y los hechos reales de la existencia. Aún era muy joven.

Al cabo de un rato se encontró frente a la Iglesia de Marylebone. La silenciosa calzada parecía una larga cinta de plata pulida, moteada aquí y allá por los oscuros arabescos de sombras ondulantes. A lo lejos se curvaba la línea de parpadeantes lámparas de gas, y en el exterior de una pequeña casa tapiada se erguía un solitario carro, con el conductor dormido en su interior. Él caminaba apresuradamente en dirección a Portland Place, mirando de vez en cuando a su alrededor, como si temiera que le estuvieran siguiendo. En la esquina de Rich Street había dos hombres, leyendo un pequeño anuncio en una valla publicitaria. Un extraño sentimiento de curiosidad le despertó, y cruzó hacia allí. Al acercarse, la palabra «Asesinato», impresa en letras negras, le llamó la atención. Se sobresaltó y un profundo rubor apareció en su mejilla. Era un anuncio en el que se ofrecía una recompensa por cualquier información que condujera a la detención de un hombre de mediana estatura, de entre treinta y cuarenta años de edad, que llevaba un sombrero bombín, abrigo negro y pantalones a cuadros, y con una cicatriz en la mejilla derecha. Lo leyó una y otra vez, y se preguntó si atraparían a aquel desgraciado, y cómo se había hecho la cicatriz. Tal vez, algún día, su propio nombre podría figurar en los muros de Londres. Algún día, tal vez, también se pondría precio a su cabeza.

El pensamiento le hizo enfermar de horror. Giró sobre sus talones y se adentró en la noche.

Apenas sabía adónde iba. Tenía un vago recuerdo de vagar por un laberinto de casas sórdidas, de perderse en una gigantesca telaraña de calles sombrías, y amanecía de forma brillante cuando se encontró por fin en Piccadilly Circus. Mientras paseaba hacia Belgrave Square, se encontró con los grandes carros que se dirigían a Covent Garden. Los carreros, de cascos blancos, con sus agradables rostros quemados por el sol y su pelo áspero y rizado, avanzaban a grandes trancos, haciendo chasquear sus látigos y llamándose de vez en cuando unos a otros; a lomos de un enorme caballo gris, el líder de un tintineante equipo, iba sentado un niño regordete, con un ramo de prímulas en su maltrecho sombrero, sujetando fuertemente la crin con sus manitas y riendo; y los grandes montones de verduras parecían masas de jade contra el cielo de la mañana, como masas de jade verde contra los pétalos rosados de alguna rosa maravillosa. Lord Arthur se sintió curiosamente afectado, no sabía decir por qué. Había algo en la delicada hermosura del amanecer que le parecía inexpresablemente patético, y pensó en todos los días que rompen en belleza y que cuajan en tormenta. Estos rústicos, también, con sus voces ásperas y de buen humor, y sus maneras despreocupadas, ¡qué extraño Londres el que veían! Un Londres libre del pecado de la noche y del humo del día, una ciudad pálida y fantasmal, ¡una desolada ciudad de tumbas! Se preguntaba qué pensarían de ella, y si sabrían algo de su esplendor y su vergüenza, de sus alegrías feroces y ardientes y de su horrible hambre, de todo lo que hace y estropea de la mañana a la noche. Probablemente para ellos no era más que un mercado al que llevaban sus frutos para vender, y donde se quedaban como mucho unas horas, dejando las calles aún en silencio, las casas aún dormidas. Le producía placer verlos pasar. Rudos como eran, con sus pesados zapatos con clavos y su andar torpe, traían un poco de Arcadia con ellos. Sentía que habían vivido con la Naturaleza, y que ella les había enseñado la paz. Les envidiaba todo lo que no conocían.

Cuando llegó a Belgrave Square el cielo era de un azul tenue y los pájaros empezaban a trinar en los jardines.

III

Cuando Lord Arthur se despertó eran las doce y el sol del mediodía se colaba por las cortinas de seda color marfil de su habitación. Se levantó y miró por la ventana. Una tenue bruma templada se cernía sobre la gran ciudad, y los tejados de las casas parecían hechos de plata opaca. En el verde titilante de la plaza de abajo, algunos niños revoloteaban como mariposas blancas, y la acera estaba abarrotada de gente que se dirigía al Parque. Nunca la vida le había parecido más hermosa, nunca las cosas del mal le habían parecido más remotas.

Entonces su ayuda de cámara le trajo una taza de chocolate en una bandeja. Después de bebérsela, apartó un pesado *portière* de felpa color melocotón y pasó al cuarto de baño. La luz se filtraba suavemente desde arriba, a través de finas losas de ónice transparente, y el agua de la cisterna de mármol brillaba como una piedra lunar. Se zambulló apresuradamente, hasta que las frescas ondas tocaron garganta y cabello, y luego sumergió la cabeza justo debajo, como si quisiera borrar la mancha de algún recuerdo vergonzoso. Cuando salió se sintió casi en paz. Las exquisitas condiciones físicas del momento le habían dominado, como de hecho sucede a menudo en el caso de naturalezas muy finamente forjadas, pues los sentidos, como el fuego, pueden purificar tanto como destruir.

Después del desayuno, se tumbó en un diván y encendió un cigarrillo. En la repisa de la chimenea, enmarcada en un delicado brocado antiguo, había una gran fotografía de Sybil Merton, tal como él la había visto por primera vez en el baile de Lady Noel. La cabeza, pequeña y de formas exquisitas, estaba ligeramente inclinada hacia un lado, como si la garganta, delgada como un junco, apenas pudiera soportar la carga de tanta belleza; los labios estaban ligeramente entreabiertos, y parecían hechos para la dulce música; y toda la tierna pureza de la niñez miraba maravillada desde los ojos soñadores. Con su suave y ceñido vestido de *crepé de chine* y su gran abanico en forma de hoja, parecía una de esas delicadas figuritas que los hombres encuentran en los olivares cercanos a Tanagra; y había un toque de gracia griega en su pose y actitud. Sin embargo, no era menuda. Simplemente estaba perfectamente proporcionada, algo poco frecuente en una época en la que tantas mujeres tienen un tamaño superior al natural o son insignificantes.

Ahora, mientras Lord Arthur la miraba, se llenó de la terrible lástima que nace del amor. Sintió que casarse con ella, con la condena del asesinato pendiendo sobre su cabeza, sería una traición como la de Judas, un pecado peor que cualquiera que los Borgia hubieran soñado jamás. ¿Qué felicidad podría haber para ellos, cuando en cualquier momento podría ser llamado a cumplir la horrible profecía escrita en su mano? ¿Qué clase de vida sería la suya mientras el Destino mantuviera aún esta temible fortuna en la balanza? El matrimonio debía posponerse, a toda costa. Eso estaba completamente decidido. Aunque amaba ardientemente a la muchacha, y el mero roce de sus dedos, cuando se sentaban juntos, hacía que cada nervio de su cuerpo se estremeciera de exquisita alegría, reconocía con no menos claridad dónde residía su deber, y era plenamente consciente del hecho de que no tenía derecho a casarse hasta que hubiera cometido el asesinato. Hecho esto, podría presentarse ante el altar con Sybil Merton, y entregar su vida en sus manos sin terror a equivocarse. Hecho esto, podría tomarla en sus brazos, sabiendo que ella nunca tendría que sonrojarse por él, nunca tendría que agachar la cabeza avergonzada. Pero primero tenía que ser hecho; y cuanto antes, mejor para ambos.

Muchos hombres de su posición habrían preferido el camino de rosas propio a los devaneos a las escarpadas alturas del deber; pero Lord Arthur era demasiado concienzudo para poner el placer por encima de los principios. Había algo más que mera pasión en su amor; y Sybil era para él un símbolo de todo lo bueno y noble. Por un momento sintió una repugnancia natural contra lo que se le pedía que hiciera, pero pronto eso pasó. Su corazón le decía que no era un pecado, sino un sacrificio; su razón le recordaba que no había otro camino abierto. Tenía que elegir entre vivir para sí mismo y vivir para los demás, y aunque la tarea que se le había encomendado era sin duda terrible, sabía que no debía permitir que el egoísmo triunfara sobre el amor. Tarde o temprano todos estamos llamados a decidir sobre la misma cuestión; a todos se nos plantea la misma pregunta. A Lord Arthur le llegó pronto en la vida —antes de que su naturaleza se hubiera estropeado por el cinismo calculador de la edad madura, o su corazón corroído por el egoísmo superficial y a la moda de nuestros días— y no sintió ninguna vacilación a la hora de cumplir con su deber. Afortunadamente también para él, no era un mero soñador, ni un ocioso diletante. Si lo hubiera sido, habría vacilado, como Hamlet, y dejado que la irresolución estropeara su propósito. Pero era esencialmente práctico. La vida para él significaba acción, más que pensamiento. Tenía esa cosa tan rara que es el sentido común.

Los sentimientos salvajes y turbios de la noche anterior se habían desvanecido por completo en aquel momento, y fue casi con una sensación de vergüenza que miró hacia atrás, a sus locos vagabundeos de calle en calle, a su feroz agonía emocional. La propia sinceridad de sus sufrimientos hacía que ahora le parecieran irreales. Se preguntaba cómo había podido ser tan insensato como para despotricar sobre lo inevitable. La única cuestión que parecía preocuparle era de quién deshacerse; pues no estaba ciego ante el hecho de que el asesinato, como las religiones del mundo pagano, requiere una víctima además de un sacerdote. Al no ser un genio, no tenía enemigos, y de hecho sintió que no era el momento para la gratificación de ningún rencor o aversión personal, ya que la misión en la que estaba comprometido era de una gran y grave solemnidad. En consecuencia, hizo una lista de sus amigos y parientes en una hoja de papel de carta y, tras considerarlo detenidamente, se decidió por Lady Clementina Beauchamp, una querida anciana que vivía en Curzon Street y era su propia prima segunda por parte de madre. Siempre le había tenido mucho cariño a Lady Clem, como todo el mundo la llamaba, y como él mismo era muy adinerado, habiendo heredado todas las propiedades de Lord Rugby cuando alcanzó la mayoría de edad, no había posibilidad de que obtuviera ninguna vulgar ventaja monetaria con la muerte de ella. De hecho, cuanto más pensaba en el asunto, más le parecía que ella era la persona adecuada y, sintiendo que cualquier retraso sería injusto para Sybil, decidió hacer sus preparativos de inmediato.

Lo primero que había que hacer era, por supuesto, saldar las cuentas con el quiromántico; así que se sentó ante una pequeña mesa de escribir Sheraton que había cerca de la ventana, extendió un cheque por 105 libras, pagadero a la orden de Mr. Septimus Podgers, y, metiéndolo en un sobre, le dijo a su ayuda de cámara que lo llevara a West Moon Street. A continuación telefoneó a los establos para pedir su coche y se vistió para salir. Cuando salía de la habitación, volvió a mirar la fotografía de Sybil Merton y juró que, pasara lo que pasara, nunca le haría saber lo que estaba haciendo por ella; mantendría el secreto de su abnegación oculto siempre en su corazón.

De camino al Buckingham, se detuvo en una floristería y envió a Sybil una hermosa cesta de narcisos, con preciosos pétalos blancos y ojos de faisán, y al llegar al club, se dirigió directamente a la biblioteca, tocó el timbre y ordenó al camarero que le trajera una limonada y un libro de Toxicología. Estaba completamente decidido que el veneno era el mejor medio a adoptar en este problemático asunto. Cualquier cosa parecida a la violencia personal le resultaba extremadamente desagradable y, además, estaba muy ansioso por no asesinar a Lady Clementina de ningún modo que pudiera atraer la atención pública, ya que odiaba la idea de ser tratado como un personaje en casa de Lady Windermere o de ver su nombre figurando en los párrafos de vulgares periódicos de sociedad. También tenía que pensar en el padre y la madre de Sybil, que eran gente más bien anticuada, y posiblemente se opusieran al matrimonio si se producía algo parecido a un escándalo, aunque estaba seguro de que si les contaba todos los hechos del caso serían los primeros en apreciar los motivos que le habían movido. Tenía todas las razones, pues, para decidirse por el veneno. Era seguro y tranquilo, y eliminaba cualquier necesidad de escenas dolorosas, a las que, como la mayoría de los ingleses, tenía una arraigada objeción.

De la ciencia de los venenos, sin embargo, no sabía absolutamente nada, y como el camarero parecía incapaz de encontrar en la biblioteca algo más que la Guía de Ruff y la Revista de Bailey, examinó él mismo las estanterías, y finalmente dio con una edición de la Farmacopea encuadernada con buen gusto, y un ejemplar de Toxicología de Erskine, editado por Sir Mathew Reid, el Presidente del Real Colegio de Médicos, y uno de los miembros más antiguos del Buckingham, habiendo sido elegido por error en lugar de otra persona; un contratiempo que enfureció tanto al Comité, que cuando se presentó el verdadero hombre lo rechazaron por unanimidad. Lord Arthur estaba bastante desconcertado por los términos técnicos utilizados en ambos libros, y había empezado a lamentar no haber prestado más atención a sus clásicos en Oxford cuando en el segundo volumen de Erskine, encontró un relato muy completo de las propiedades de la aconitina, escrito en un inglés bastante claro. Le pareció exactamente el veneno que buscaba. Era rápido —de hecho, casi inmediato, en su efecto—, perfectamente indoloro, y cuando se tomaba en forma de cápsula de gelatina, el modo recomendado por Sir Mathew, no era en absoluto desagradable al paladar. En consecuencia, tomó nota, en el puño de su camisa, de la cantidad necesaria para una dosis mortal, volvió a colocar los libros en su sitio y paseó por St. James's Street, hasta Pestle and Humbey's, los grandes farmacéuticos. Mr. Pestle, que siempre atendía personalmente a la aristocracia, se mostró bastante sorprendido por el encargo, y de manera muy deferente murmuró algo sobre la necesidad de un certificado médico. Sin embargo, en cuanto Lord Arthur le explicó que era para un gran mastín noruego del que se veía obligado a deshacerse, ya que mostraba signos de rabia incipiente y ya había mordido al cochero dos veces en la pantorrilla de la pierna, se mostró perfectamente satisfecho, felicitó a Lord Arthur por sus maravillosos conocimientos de Toxicología e hizo preparar la receta de inmediato.

Lord Arthur puso la cápsula en una bonita bombonera de plata que vio en el escaparate de una tienda de Bond Street, tiró el feo pastillero de Pestle and Humbey's y se dirigió enseguida a casa de Lady Clementina.

«Bueno, *monsieur le mauvais sujet*», gritó la anciana al entrar en la habitación, «¿por qué no has venido a verme en todo este tiempo?».

«Mi querida Lady Clem, nunca tengo un momento para mí», dijo Lord Arthur, sonriendo.

«¿Supongo que quieres decir que estás todo el día con Miss Sybil Merton, comprando *chiffons* y diciendo tonterías? No puedo entender por qué la gente hace tanto alboroto por estar casada. En mis tiempos ni siquiera soñábamos con anidar y arrullar en público, o en privado para el caso».

«Le aseguro que no he visto a Sybil desde hace veinticuatro horas, Lady Clem. Por lo que puedo deducir, ella pertenece enteramente a sus sombrereros».

«Por supuesto; esa es la única razón por la que vienes a ver a una vieja fea como yo. Me sorprende que ustedes los hombres no tomen precauciones. *On a fait des folies pour moi,* y aquí estoy, una criatura pobre y reumática, con una frente falsa y un temperamento malo. Vaya, si no fuera por la querida Lady Jansen, que me envía todas las peores novelas francesas que puede encontrar, no creo que pudiera pasar el día. Los médicos no sirven para nada, salvo para sacarle honorarios a una. Ni siquiera pueden curarme el ardor de estómago».

«Le he traído una cura para eso, Lady Clem», dijo Lord Arthur gravemente. «Es una cosa maravillosa, inventada por un americano».

«Creo que no me gustan los inventos americanos, Arthur. Estoy bastante segura de que no. Últimamente leí algunas novelas americanas y eran bastante disparatadas».

«¡Oh, pero no hay ningún disparate en esto, Lady Clem! Le aseguro que es una cura perfecta. Debe prometerme que la probará»; y Lord Arthur sacó la cajita de su bolsillo y se la entregó.

«Bueno, la caja es encantadora, Arthur. ¿Es realmente un regalo? Es muy amable de tu parte. ¿Y esta es la maravillosa medicina? Parece un bombón. La tomaré enseguida».

«¡Santo cielo! Lady Clem», gritó Lord Arthur agarrándola de la mano, «no debe hacer nada de eso. Es un medicamento homeopático, y si lo toma sin tener acidez, podría hacerle mucho daño. Espere a tener un ataque y tómelo entonces. Se asombrará del resultado».

«Me gustaría tomarla ahora», dijo Lady Clementina, sosteniendo a la luz la pequeña cápsula transparente, con su burbuja flotante de aconi-tina líquida. «Estoy segura de que es deliciosa. Lo cierto es que, aunque odio a los médicos, me encantan las medicinas. Sin embargo, la guarda-ré hasta mi próximo ataque».

«¿Y cuándo será eso?», preguntó Lord Arthur con impaciencia. «¿Será pronto?».

«Espero que no, por una semana. Lo pasé muy mal ayer por la maña-na. Pero una nunca sabe».

«¿Está segura de tener un ataque antes de fin de mes entonces, Lady Clem?».

«Me temo que sí. ¡Pero qué comprensivo estás hoy, Arthur! Realmen-te, Sybil te ha hecho mucho bien. Y ahora debes irte, porque estaré ce-nando con gente muy aburrida, que no quiere hablar de escándalos, y sé que si no duermo ahora no podré mantenerme despierta durante la cena. Adiós, Arthur, dale recuerdos a Sybil, y muchas gracias por la me-dicina americana».

«No se olvidará de tomarla, Lady Clem, ¿verdad?», dijo Lord Arthur, levantándose de su asiento.

«Por supuesto que no, muchacho tonto. Creo que es muy amable de tu parte pensar en mí, y te escribiré para decirte si quiero más».

Lord Arthur salió de la casa muy animado y con una sensación de in-menso alivio.

Aquella noche conversó con Sybil Merton. Le contó cómo se había visto de repente en una situación de terrible dificultad, de la que ni el honor ni el deber le permitirían retroceder. Le dijo que el matrimonio debía aplazarse por el momento, ya que hasta que no se hubiera librado de sus temibles enredos, no sería un hombre libre. Le imploró que con-fiara en él y que no tuviera dudas sobre el futuro. Todo saldría bien, pero era necesario tener paciencia.

La escena tuvo lugar en el invernadero de la casa de Mr. Merton, en Park Lane, donde Lord Arthur había cenado como de costumbre. Sybil nunca había parecido más feliz, y por un momento Lord Arthur había estado tentado de hacer el papel de cobarde, escribir a Lady Clementi-na para pedirle la píldora y dejar que el matrimonio siguiera adelante como si no existiera en el mundo una persona como Mr. Podgers. Su mejor naturaleza, sin embargo, pronto se impuso, e incluso cuando Sy-bil se arrojó llorosa a sus brazos, él no vaciló. La belleza que agitaba sus sentidos había tocado también su conciencia. Sintió que destrozar una vida tan hermosa por el placer de unos meses sería un error.

Se quedó con Sybil hasta casi medianoche, consolándola y siendo consolado a su vez, y a primera hora de la mañana siguiente partió hacia Venecia, después de escribir una carta varonil y firme a Mr. Merton sobre el necesario aplazamiento del matrimonio.

IV

En Venecia se encontró con su hermano, Lord Surbiton, que casualmente había llegado de Corfú en su yate. Los dos jóvenes pasaron juntos dos semanas deliciosas. Por la mañana paseaban por el Lido, o se deslizaban arriba y abajo por los verdes canales en su larga góndola negra; por la tarde solían agasajar a los visitantes en el yate; y por la noche cenaban en Florian's, y fumaban innumerables cigarrillos en la *Piazza*. Sin embargo, de algún modo, Lord Arthur no era feliz. Todos los días estudiaba la columna de necrológicas del *Times,* esperando ver una noticia de la muerte de Lady Clementina, pero todos los días se sentía decepcionado. Empezó a temer que le hubiera ocurrido algún accidente, y a menudo lamentaba haberle impedido tomar la aconitina cuando ella estaba tan ansiosa por probar su efecto. También las cartas de Sybil, aunque llenas de amor, confianza y ternura, eran a menudo muy tristes en su tono, y a veces él solía pensar que se separaba de ella para siempre.

Al cabo de quince días, Lord Surbiton se aburrió de Venecia y decidió bajar por la costa hasta Rávena, pues había oído que en el Pinetum había una gran cacería de gallos. Lord Arthur, al principio, se negó absolutamente a ir, pero Surbiton, al que apreciaba mucho, acabó por persuadirle de que si se quedaba solo en Danielli's moriría de apatía, y la mañana del día 15 partieron, con un fuerte viento del nordeste soplando, y un mar bastante movido. El deporte fue excelente y la vida en libertad y al aire libre devolvió el color a las mejillas de Lord Arthur, pero hacia el día 22 empezó a preocuparse por Lady Clementina y, a pesar de las protestas de Surbiton, regresó a Venecia en tren.

Cuando bajó de su góndola a la escalinata del hotel, el propietario salió a su encuentro con un fajo de telegramas. Lord Arthur se los arrebató de la mano y los abrió rasgándolos. Todo había sido un éxito. ¡Lady Clementina había muerto repentinamente la noche del 17!

Su primer pensamiento fue para Sybil, y le envió un telegrama anunciándole su regreso inmediato a Londres. A continuación ordenó a su ayuda de cámara que empaquetara sus cosas para el correo nocturno, envió a sus gondoleros cinco veces su tarifa adecuada y subió corriendo a su salón con paso ligero y el corazón boyante. Allí encontró tres cartas esperándole. Una era de la propia Sybil, llena de simpatía y condolencias. Las otras eran de su madre y del abogado de Lady Clementina. Al parecer, la anciana había cenado con la Duquesa esa misma noche, había deleitado a todos con su ingenio y su *esprit,* pero se había marchado a casa algo temprano, quejándose de acidez estomacal. Por la mañana la encontraron muerta en su cama, sin haber sufrido aparentemente ningún dolor. Se mandó llamar inmediatamente a Sir Mathew Reid, pero, por supuesto, no hubo nada que hacer, y fue enterrada el día 22 en Beauchamp Chalcote. Pocos días antes de morir había hecho su testamento, y había dejado a Lord Arthur su casita de Curzon Street, y todos sus muebles, efectos personales y cuadros, a excepción de su colección de miniaturas, que iría a parar a su hermana, Lady Margaret Rufford, y su collar de amatistas, que quedaría para Sybil Merton. La propiedad no era de mucho valor; pero Mr. Mansfield, el abogado, estaba sumamente ansioso por que Lord Arthur regresara de inmediato, si era posible, ya que había muchas facturas que pagar y Lady Clementina nunca había llevado una contabilidad regular.

Lord Arthur se sintió muy conmovido por el amable recuerdo que Lady Clementina tuvo de él, y sintió que Mr. Podgers tenía mucho de lo que responder. Su amor por Sybil, sin embargo, dominaba cualquier otra emoción, y la conciencia de que había cumplido con su deber le daba paz y consuelo. Cuando llegó a Charing Cross, se sintió perfectamente feliz.

Los Merton le recibieron muy amablemente, Sybil le hizo prometer que nunca más permitiría que nada se interpusiera entre ellos, y el matrimonio se fijó para el 7 de junio. La vida le pareció una vez más brillante y hermosa, y toda su antigua alegría volvió de nuevo a él.

Un día, sin embargo, mientras revisaba la casa de Curzon Street, en compañía del abogado de Lady Clementina y de la propia Sybil, quemando paquetes de cartas descoloridas y revolviendo cajones de basura extraña, la joven dio de repente un gritito de alegría.

«¿Qué has encontrado, Sybil?», dijo Lord Arthur, levantando la vista de su trabajo y sonriendo.

«Esta preciosa bombonera de plata, Arthur. ¿No es pintoresca? ¿Y es holandesa? ¡Dámela! Sé que las amatistas no me sentarán bien hasta que tenga más de ochenta años».

Era la caja que había contenido la aconitina.

Lord Arthur se sobresaltó y un leve rubor apareció en su mejilla. Había olvidado casi por completo lo que había hecho, y le pareció una curiosa coincidencia que Sybil, por cuya causa había pasado por toda aquella terrible ansiedad, hubiera sido la primera en recordárselo.

«Por supuesto que puedes quedártela, Sybil. Yo mismo se la di a la pobre Lady Clem».

«¡Oh! gracias, Arthur; ¿y puedo tomar también el bombón? No tenía ni idea de que a Lady Clementina le gustaran los dulces. Pensaba que era demasiado intelectual».

Lord Arthur se puso mortalmente pálido y una idea horrible cruzó su mente.

«¿Bombón, Sybil? ¿Qué quieres decir?», dijo con voz lenta y ronca.

«Hay uno dentro, eso es todo. Parece bastante viejo y polvoriento, y no tengo la menor intención de comérmelo. ¿Qué te pasa, Arthur? ¡Qué blanco estás!».

Lord Arthur se apresuró a cruzar la habitación y cogió la caja. Dentro estaba la cápsula de color ámbar, con su burbuja de veneno. Al fin y al cabo, Lady Clementina había muerto de muerte natural.

La conmoción del descubrimiento fue casi demasiado para él. Arrojó la cápsula al fuego y se hundió en el sofá con un grito de desesperación.

V

Mr. Merton se sintió muy afligido por el segundo aplazamiento del matrimonio y Lady Julia, que ya había encargado su vestido para la boda, hizo todo lo posible para que Sybil rompiera el compromiso. Sin embargo, por mucho que Sybil amara a su madre, ella había entregado su vida entera en manos de Lord Arthur, y nada de lo que Lady Julia pudiera decir podría hacerla vacilar en su fe. En cuanto al propio Lord Arthur, tardó días en superar su terrible decepción, y durante un tiempo sus nervios estuvieron completamente desquiciados. Su excelente sentido común, sin embargo, se impuso pronto y su mente sana y práctica no le dejó mucho tiempo con dudas sobre qué hacer. el veneno había resultado un completo fracaso, la dinamita, o alguna otra forma de explosivo, era obviamente lo que había que probar.

En consecuencia, volvió a repasar la lista de sus amigos y parientes y, tras considerarlo detenidamente, decidió hacer volar a su tío, el Decano de Chichester. El Decano, que era un hombre de gran cultura y erudición, era extremadamente aficionado a los relojes, y poseía una maravillosa colección de ellos, que abarcaban desde el siglo XV hasta nuestros días, y a Lord Arthur le pareció que esta afición del buen Decano le ofrecía una excelente oportunidad para llevar a cabo su plan. Dónde procurarse una máquina explosiva era, por supuesto, otra cuestión muy distinta. El Directorio de Londres no le proporcionó ninguna información al respecto, y pensó que era de muy poca utilidad acudir a Scotland Yard al respecto, ya que nunca parecían saber nada de los movimientos de la facción de la dinamita hasta después de que se hubiera producido una explosión, e incluso entonces, no mucho.

De pronto pensó en su amigo Rouvaloff, un joven ruso de tendencias muy revolucionarias, a quien había conocido en casa de Lady Windermere en invierno. Se suponía que el Conde Rouvaloff estaba escribiendo una vida de Pedro el Grande, y que había venido a Inglaterra con el propósito de estudiar los documentos relativos a la residencia de ese zar en este país como carpintero de barcos; pero en general se sospechaba que era un agente nihilista, y no cabía duda de que la embajada rusa no veía con buenos ojos su presencia en Londres. Lord Arthur pensó que era el hombre adecuado para su propósito, y se dirigió una mañana a su alojamiento en Bloomsbury, para pedirle consejo y ayuda.

«¿Así que se dedica a la política en serio?», dijo el Conde Rouvaloff, cuando Lord Arthur le hubo contado el objeto de su misión; pero Lord

Arthur, que odiaba la fanfarronería de cualquier tipo, se sintió obligado a admitirle que no tenía el menor interés por las cuestiones sociales, y que simplemente quería la máquina explosiva para un asunto puramente familiar, en el que nadie estaba implicado salvo él mismo...

El Conde Rouvaloff le miró durante unos instantes con asombro y luego, viendo que hablaba muy en serio, escribió una dirección en un papel, lo firmó y se lo entregó al otro lado de la mesa.

«Scotland Yard daría mucho por conocer esta dirección, querido amigo».

«Entonces, no la tendrán», gritó Lord Arthur, riendo; y tras estrechar calurosamente la mano del joven ruso, corrió escaleras abajo, examinó el papel y le dijo al cochero que condujera hasta Soho Square.

Allí lo despidió, y paseó por Greek Street, hasta que llegó a un lugar llamado Bayle's Court. Pasó bajo el arco, y se encontró en un curioso callejón sin salida, que aparentemente estaba ocupado por una lavandería francesa, ya que una perfecta red de tendederos se extendía de casa en casa, y había un revoloteo de ropa blanca en el aire de la mañana. Caminó hasta el final y llamó a una casita verde. Tras un cierto retraso, durante el cual todas las ventanas del patio se convirtieron en una masa borrosa de rostros mirones, abrió la puerta un extranjero de aspecto más bien tosco, que le preguntó en un inglés muy malo cuál era su asunto. Lord Arthur le entregó el papel que le había dado el Conde Rouvaloff. Cuando el hombre lo vio, se inclinó e invitó a Lord Arthur a pasar a un salón delantero muy destartalado de la planta baja, y al cabo de unos instantes, Herr Winckelkopf, como le llamaban en Inglaterra, irrumpió en la habitación, con una servilleta muy manchada de vino alrededor del cuello y un tenedor en la mano izquierda.

«El Conde Rouvaloff me ha recomendado a usted», dijo Lord Arthur, inclinándose, «y estoy ansioso por tener una breve conversación con usted sobre un asunto de negocios. Me llamo Smith, Mr. Robert Smith, y quiero que me suministre un reloj explosivo».

«Encantado de conocerle, Lord Arthur», dijo riendo el pequeño y genial alemán. «No se alarme, es mi deber conocer a todo el mundo, y recuerdo haberle visto una noche en casa de Lady Windermere. Espero que su señoría se encuentre bien. ¿Le importaría sentarse conmigo mientras termino mi desayuno? Hay un paté excelente, y mis amigos tienen la amabilidad de decir que mi vino del Rin es mejor que cualquiera de los que consiguen en la embajada alemana», y antes de que Lord Arthur hubiera superado su sorpresa al ser reconocido, se encontró sentado en la trastienda, sorbiendo el más delicioso Marcobrunner de un vaso de agua amarillo pálido marcado con el monograma imperial, y charlando de la manera más amistosa posible con el famoso conspirador.

«Los relojes explosivos», dijo Herr Winckelkopf, «no son muy buenos para la exportación al extranjero, ya que, incluso si consiguen pasar la aduana, el servicio de trenes es tan irregular que suelen estallar antes de haber llegado a su destino. Sin embargo, si desea uno para uso doméstico, puedo suministrarle un artículo excelente, y le garantizo que quedará satisfecho con el resultado. ¿Puedo preguntarle para quién está destinado? Si es para la policía, o para alguien relacionado con Scotland Yard, me temo que no puedo hacer nada por usted. Los detectives ingleses son realmente nuestros mejores amigos, y siempre he descubierto que confiando en su estupidez, podemos hacer exactamente lo que queramos. No podría prescindir de ninguno de ellos».

«Le aseguro», dijo Lord Arthur, «que no tiene nada que ver con la policía en absoluto. De hecho, el reloj está destinado al Decano de Chichester».

«¡Dios mío! No tenía idea de que sintiera algo tan fuerte por la religión, Lord Arthur. Pocos jóvenes lo hacen hoy en día».

«Me temo que me sobrevalora, Herr Winckelkopf», dijo Lord Arthur, ruborizándose. «El hecho es que realmente no sé nada de teología».

«¿Es un asunto puramente privado entonces?».

«Puramente privado».

Herr Winckelkopf se encogió de hombros y salió de la habitación, regresando a los pocos minutos con una pastilla redonda de dinamita del tamaño de un penique y un bonito reloj francés, coronado por una figura de ormolú de la Libertad pisoteando a la hidra del Despotismo.

El rostro de Lord Arthur se iluminó al verlo. «Eso es justo lo que quiero», gritó, «y ahora dígame cómo se activa».

«¡Ah! Ahí está mi secreto», respondió Herr Winckelkopf, contemplando su invento con una justificada mirada de orgullo; «hágame saber cuándo desea que explote, y yo ajustaré la maquinaria para ese momento».

«Bueno, hoy es martes, y si pudiera enviarlo inmediatamente...».

«Eso es imposible; tengo mucho trabajo importante entre manos para unos amigos míos en Moscú. Aun así, podría enviarlo mañana».

«¡Oh, eso está bastante bien!», dijo Lord Arthur cortésmente, «así puede ser entregado mañana por la noche o el jueves por la mañana. En cuanto al momento de la explosión, digamos el viernes a mediodía exactamente. El Decano siempre está en casa a esa hora».

«Viernes, a mediodía», repitió Herr Winckelkopf, e hizo una nota a tal efecto en un gran libro de contabilidad que estaba sobre un escritorio cerca de la chimenea.

«Y ahora», dijo Lord Arthur, levantándose de su asiento, «le ruego que me haga saber en cuánto estoy en deuda con usted».

«Es un asunto tan pequeño, Lord Arthur, que no me importa ganar una comisión. La dinamita sale a razón de siete chelines y seis peniques, el reloj serán tres libras con diez chelines, y el carruaje unos cinco chelines. Estoy encantado de complacer a cualquier amigo del Conde Rouvaloff».

«¿Pero, por su molestia, Herr Winckelkopf?».

«¡Oh, eso no es nada! Para mí es un placer. No trabajo por dinero; vivo enteramente para mi arte».

Lord Arthur depositó 4 libras, 2 chelines y 6 peniques sobre la mesa, agradeció al pequeño alemán su amabilidad y, tras conseguir declinar una invitación para reunirse con algunos anarquistas a cenar el sábado siguiente, abandonó la casa y se dirigió al Parque.

Durante los dos días siguientes estuvo en un estado de máxima excitación, y el viernes a las doce en punto se dirigió al Buckingham para esperar noticias. Durante toda la tarde, el robusto portero del vestíbulo no cesó de despachar telegramas provenientes de diversas partes del país con los resultados de las carreras de caballos, los veredictos en los juicios de divorcio, el estado del tiempo y cosas por el estilo, mientras la cinta emitía su tictac con tediosos detalles sobre una sesión nocturna en la Cámara de los Comunes y un pequeño pánico en la Bolsa. A las cuatro en punto llegaron los periódicos vespertinos y Lord Arthur desapareció en la biblioteca con el *Pall Mall,* el *St James's,* el *Globe* y el *Echo,* ante la inmensa indignación del Coronel Goodchild, que quería leer los informes de un discurso que había pronunciado esa mañana en Mansion House, sobre el tema de las misiones sudafricanas y la conveniencia de tener obispos negros en todas las provincias, y por una u otra razón tenía fuertes prejuicios contra el *Evening News.* Ninguno de los periódicos, sin embargo, contenía la más mínima alusión a Chichester, y Lord Arthur sintió que el intento debía de haber fracasado. Fue un golpe terrible para él, y durante un tiempo se sintió bastante desconcertado. Herr Winckelkopf, a quien fue a ver al día siguiente, estaba lleno de elaboradas disculpas, y se ofreció a suministrarle otro reloj gratuitamente, o una caja de bombas de nitroglicerina a precio de coste. Pero él había perdido toda fe en los explosivos, y el propio Herr Winckelkopf reconoció que hoy en día todo está tan adulterado, que incluso la dinamita difícilmente puede conseguirse en estado puro. El pequeño alemán, sin embargo, aunque admitía que algo debía de haber fallado en la maquinaria, no carecía de esperanzas de que el reloj aún pudiera estallar y ejemplificó el caso de un barómetro que había enviado una vez al Gobernador militar de Odessa, que, aunque estaba programado para estallar en diez días, no lo había hecho hasta pasados unos tres meses. Era muy cierto que, cuando estalló, sólo consiguió hacer volar en pedazos a una criada, ya que el Gobernador se había marchado de la ciudad seis semanas antes, pero al menos demostró que la dinamita, como fuerza destructiva, era, cuando estaba bajo el control de una maquinaria, un agente poderoso, aunque algo impuntual. Lord Arthur se consoló un poco con esta reflexión, pero incluso en esto estaba destinado a la decepción, pues dos días después, cuando subía las escaleras, la Duquesa lo llamó a su tocador y le mostró una carta que acababa de recibir del Decanato.

«Jane escribe cartas encantadoras», dijo la Duquesa; «realmente debes leer la última. Es tan buena como las novelas que nos envía Mudie».

Lord Arthur le arrebató la carta de la mano. Decía lo siguiente: «El Decanato, Chichester, 27 de mayo.

«Mi queridísima Tía,

«Muchas gracias por la franela para la Sociedad Dorcas y también por la guinga. Estoy bastante de acuerdo con usted en que es una tontería que quieran llevar cosas bonitas, pero todo el mundo es tan Radical e irreligioso hoy en día que es difícil hacerles ver que no deberían intentar vestirse como las clases altas. Estoy segura de que no sé a qué estamos llegando. Como papá ha dicho a menudo en sus sermones, vivimos en una época de incredulidad.

«Nos hemos divertido mucho con un reloj que un admirador desconocido envió a papá el jueves pasado. Llegó en una caja de madera desde Londres, con porte pago; y papá cree que debe de haberlo enviado alguien que haya leído su extraordinario sermón, "¿Es la Licencia Libertad?", porque en la parte superior del reloj había una figura de mujer, con lo que papá dijo que era el gorro de la Libertad en la cabeza. A mí no me pareció muy apropiado, pero papá dijo que era histórico, así que supongo que está bien. Parker lo desempaquetó y papá lo puso en la repisa de la chimenea de la biblioteca, y estábamos todos sentados allí el viernes por la mañana, cuando justo cuando el reloj daba las doce, oímos un zumbido, una pequeña bocanada de humo salió del pedestal de la figura, ¡y la diosa de la Libertad se cayó y se rompió la nariz con el guardafuegos! María estaba bastante alarmada, pero tenía un aspecto tan ridículo que James y yo nos echamos a reír a carcajadas, e incluso a papá le hizo gracia. Cuando lo examinamos, descubrimos que era una especie de reloj de alarma y que, si una lo ponía a una hora determinada y colocaba un poco de pólvora y un tapón bajo un pequeño martillo, se disparaba cuando una quería. Papá dijo que no debía ser dejado en la biblioteca, porque hacía ruido, así que Reggie se lo llevó al aula, y no hace más que tener pequeñas explosiones todo el día. ¿Crees que a Arthur le gustaría uno como regalo de bodas? Supongo que están muy de moda en Londres. Papá dice que harían mucho bien, ya que demuestran que la Libertad no puede durar, sino que debe caer. Papá dice que la Libertad se inventó en la época de la Revolución Francesa. ¡Qué horrible parece!

«Ahora tengo que ir a las Dorcas, donde les leeré su carta tan instructiva. Qué cierta es, querida tía, su idea de que en el rango de vida que ellos tienen deben vestir lo que es poco favorecedor. Debo decir que es absurda la ansiedad de ellos por el vestir, cuando hay tantas cosas más importantes en este mundo, y en el próximo. Me alegro mucho de que su popelín floreado haya quedado tan bien, y de que su encaje no se haya roto. Voy a ponerme mi satén amarillo, que tan amablemente me regaló, en casa del Obispo el miércoles, y creo que quedará muy bien. ¿Lleva lazos o no? Jennings dice que ahora todo el mundo lleva lazos, y que la enagua debe llevar volantes. Reggie acaba de reportar otra explosión, y papá ha ordenado que envíen el reloj a los establos. No creo que a papá le guste tanto como al principio, aunque se siente muy halagado de que le envíen un juguete tan bonito e ingenioso. Demuestra que la gente lee sus sermones y saca provecho de ellos.

«Papá le envía su cariño, al que se unen James, y Reggie, y Maria, y, esperando que la gota del Tío Cecil mejore, créame, querida tía, siempre su cariñosa sobrina,

«Jane Percy.

«P.D. — Dígame lo que piensa sobre los lazos. Jennings insiste diciendo que están de moda».

Lord Arthur parecía tan serio y descontento ante la carta, que a la Duquesa le dio un ataque de risa.

«Mi querido Arthur», gritó ella, «¡nunca volveré a enseñarte la carta de una joven! Pero, ¿qué puedo decir del reloj? Creo que es un invento capital, y me gustaría tener uno yo misma».

«No pienso mucho de ellos», dijo Lord Arthur, con una sonrisa triste, y, tras besar a su madre, salió de la habitación.

Cuando llegó al piso superior, se tiró en un sofá y sus ojos se llenaron de lágrimas. Había hecho todo lo posible por cometer este asesinato, pero en ambas ocasiones había fracasado, y sin culpa alguna. Había intentado cumplir con su deber, pero parecía como si el propio Destino se hubiera vuelto un traidor. Le oprimía la sensación de la esterilidad de las buenas intenciones, de la futilidad de intentar ser consecuente. Tal vez, sería mejor romper el matrimonio por completo. Sybil sufriría, es cierto, pero el sufrimiento no podía estropear realmente una naturaleza tan noble como la suya. En cuanto a él mismo, ¿qué importaba? Siempre hay alguna guerra en la que un hombre puede morir, alguna causa a la que un hombre puede dar su vida, y así como la vida no tenía ningún placer para él, la muerte no ofrecía ningún terror. Que el Destino depare su perdición. Él no se movería para ayudarle.

A las siete y media se vistió y bajó al club. Surbiton estaba allí con un grupo de jóvenes, y se vio obligado a cenar con ellos. Su conversación trivial y sus bromas ociosas no le interesaron, y en cuanto le trajeron el café los abandonó, inventándose algún compromiso para poder escaparse. Cuando salía del club, el portero del vestíbulo le entregó una carta. Era de Herr Winckelkopf, pidiéndole que le visitara la tarde siguiente, y viera un paraguas explosivo, que estallaba en cuanto se abría. Era el último invento, y acababa de llegar de Ginebra. Rompió la carta en pedazos. Se había hecho a la idea de no intentar más experimentos. Luego se dirigió a Embankment en el Támesis y se sentó durante horas junto al río. La luna se asomaba a través de una melena de nubes leonadas, como si fuera el ojo de un león, e innumerables estrellas salpicaban la bóveda hueca, como polvo de oro espolvoreado sobre una cúpula púrpura. De vez en cuando una barcaza se adentraba en la turbia corriente y se alejaba flotando con la marea, y las señales ferroviarias cambiaban del verde al escarlata cuando los trenes corrían chillando por el puente. Al cabo de un rato, las doce en punto retumbaron desde la alta torre de Westminster y a cada golpe de la sonora campana la noche parecía estremecerse. Inmediatamente se apagaron las luces del ferrocarril, quedó una solitaria lámpara brillando como un gran rubí en un mástil gigante, y el rugido de la ciudad se hizo más tenue.

A las dos se puso de pie y paseó hacia Blackfriars. ¡Qué irreal parecía todo! ¡Qué similar a un extraño sueño! Las casas del otro lado del río parecían construidas en la oscuridad. Se hubiera dicho que la plata y la sombra habían modelado el mundo de nuevo. La enorme cúpula de San Pablo asomaba como una burbuja a través del aire crepuscular.

Cuando se acercaba a la Aguja de Cleopatra vio a un hombre inclinado sobre el parapeto, y al acercarse el hombre levantó la vista, la luz de gas cayendo de lleno sobre su rostro.

Era Mr. Podgers, ¡el quiromántico! Nadie podía confundir la cara gorda y flácida, las gafas de montura dorada, la sonrisa débil y enfermiza, la boca sensual.

Lord Arthur se detuvo. Se le ocurrió una idea brillante y se acercó con suavidad por detrás. En un instante había tomado a Mr. Podgers por las piernas y lo había arrojado al Támesis. Se oyó un grosero juramento, un fuerte chapoteo, y todo quedó en calma. Lord Arthur miró ansiosamente hacia allí, pero no pudo ver nada del quiromántico salvo un sombrero alto, haciendo piruetas en un remolino de agua iluminado por la luna. Al cabo de un rato éste también se hundió, y no quedó rastro visible de Mr. Podgers. Una vez creyó divisar la voluminosa figura deforme que se dirigía hacia la escalera junto al puente, y le invadió una horrible sensación de fracaso, pero resultó ser sólo un reflejo, y cuando la luna brilló detrás de una nube, desapareció. Por fin parecía haber realizado el decreto del destino. Lanzó un profundo suspiro de alivio, y el nombre de Sybil acudió a sus labios.

«¿Se le ha caído algo, señor?», dijo de repente una voz detrás de él.

Se dio la vuelta y vio a un policía con una linterna sorda.

«Nada de importancia, sargento», respondió sonriendo, y llamando a un taxi que pasaba, se subió y le dijo al hombre que condujera hasta Belgrave Square.

Durante los días siguientes alternó entre la esperanza y el miedo. Había momentos en los que casi esperaba que Mr. Podgers entrara en la sala y, sin embargo, otras veces sentía que el Destino no podía ser tan injusto con él. Dos veces fue al domicilio del quiromántico en West Moon Street, pero no se atrevió a tocar al timbre. Anhelaba la certeza y la temía.

Finalmente llegó. Estaba sentado en la sala de fumadores del club tomando el té y escuchando algo cansado el relato de Surbiton sobre la última canción cómica en el Gaiety, cuando el camarero entró con los periódicos de la tarde. Cogió el St. James's, y estaba pasando desganadamente sus páginas, cuando este extraño titular llamó su atención:

«SUICIDIO DE UN QUIROMÁNTICO»

Se puso pálido de excitación y empezó a leer. El párrafo decía lo siguiente:

«Ayer por la mañana, a las siete, el cuerpo de Mr. Septimus R. Podgers, el eminente quiromántico, apareció en la orilla de Greenwich, justo enfrente del Ship Hotel. El desafortunado caballero llevaba desaparecido algunos días, y en los círculos quirománticos se había sentido una considerable ansiedad por su seguridad. Se supone que se suicidó bajo la influencia de una enajenación mental transitoria, causada por el exceso de trabajo, y esta tarde el jurado de instrucción emitió un veredicto en ese sentido. Mr. Podgers acababa de terminar un elaborado tratado sobre el tema de la mano humana, que se publicará en breve, cuando sin duda atraerá mucha atención. El fallecido tenía sesenta y cinco años y no parece haber tenido parientes».

Lord Arthur salió corriendo del club con el periódico aún en la mano, ante el inmenso asombro del portero del vestíbulo, que intentó en vano detenerlo, y se dirigió de inmediato a Park Lane. Sybil le vio desde la ventana, y algo le dijo que era portador de buenas noticias. Bajó corriendo a su encuentro y, cuando vio su rostro, supo que todo iba bien.

«Mi querida Sybil», gritó Lord Arthur, «¡casémonos mañana!».

«¡Chico tonto! ¡Ni siquiera hemos encargado la torta!», dijo Sybil, riendo entre lágrimas.

VI

Cuando se celebró la boda, unas tres semanas más tarde, San Pedro estaba abarrotado con una perfecta multitud de gente elegante. El Decano de Chichester leyó el oficio religioso de la manera más impresionante, y todo el mundo estuvo de acuerdo en que nunca habían visto una pareja más guapa que los novios. Sin embargo, eran más que guapos: eran felices. Ni por un solo momento Lord Arthur lamentó todo lo que había sufrido por amor a Sybil, mientras que ella, por su parte, le daba lo mejor que una mujer puede dar a cualquier hombre: adoración, ternura y amor. Para ellos al romance no lo mataba la realidad. Siempre se sintieron jóvenes.

Algunos años después, cuando les habían nacido dos hermosos niños, Lady Windermere bajó de visita al Priorato de Alton, un lugar antiguo y encantador, que había sido el regalo de bodas del Duque a su hijo; y una tarde en que ella estaba sentada con la señora de Lord Arthur bajo un tilo del jardín —observando al niño y a la niña mientras jugaban arriba y abajo por el paseo de las rosas, como rayos de sol irregulares—, tomó de pronto la mano de su anfitriona entre las suyas y dijo: «¿Eres feliz, Sybil?».

«Querida Lady Windermere, por supuesto que soy feliz. ¿No lo es usted?».

«No tengo tiempo para ser feliz, Sybil. Siempre me gusta la última persona que me presentan; pero, por regla general, en cuanto conozco a la gente me canso de ella».

«¿No le satisfacen sus leones, Lady Windermere?».

«¡Oh, no! Los leones sólo sirven para una temporada. En cuanto les cortan la melena, son las criaturas más aburridas que existen. Además, se portan muy mal, si una es realmente amable con ellos. ¿Recuerdas a ese horrible Mr. Podgers? Era un terrible impostor. Por supuesto, no me importaba en absoluto, e incluso cuando quería que le prestara dinero le perdonaba, pero no soportaba que me hiciera el amor. Realmente me hizo odiar la quiromancia. Ahora opto por la telepatía. Es mucho más divertida».

«No debe decir nada en contra de la quiromancia aquí, Lady Windermere; es el único tema sobre el que Arthur se disgusta cuando la gente se burla. Le aseguro que la toma muy en serio».

«¿No querrás decir que él cree en ello, Sybil?».

«Pregúntele, Lady Windermere, aquí está»; y Lord Arthur subió al jardín con un gran ramo de rosas amarillas en la mano y sus dos hijos bailando a su alrededor.

«¿Lord Arthur?».

«Sí, Lady Windermere».

«¿No querrás decir que crees en la quiromancia?».

«Por supuesto que sí», dijo el joven, sonriendo.

«Pero, por qué?».

«Porque le debo toda la felicidad de mi vida», murmuró él, arrojándose en una silla de mimbre.

«Mi querido Lord Arthur, ¿a qué se debe?».

«Sybil», respondió, entregándole las rosas a su esposa y mirándola a los ojos violetas.

«¡Qué tontería!», gritó Lady Windermere. «No he oído semejante disparate en toda mi vida».

Una divertida crónica de las tribulaciones del fantasma de Canterville Chase cuando sus ancestrales salones se convirtieron en el hogar del Ministro de los Estados Unidos de América ante la Corte de St. James.

Ilustrado por WALLACE GOLDSMITH

I

Cuando el señor Hiram B. Otis, Ministro de los Estados Unidos de América, compró Canterville Chase, todo el mundo le dijo que estaba cometiendo una gran tontería, ya que no había ninguna duda de que el lugar estaba encantado. De hecho, el propio Lord Canterville, que era un hombre de lo más puntilloso, se sintió obligado a mencionar el hecho al señor Otis cuando discutieron los términos.

«Nos hemos resistido a vivir en ese lugar», dijo Lord Canterville, «desde que mi tía abuela, la Duquesa Viuda de Bolton, tuvo un ataque de pánico, del que nunca se recuperó realmente, cuando sintió sobre sus hombros dos manos de esqueleto mientras se vestía para la cena, y me siento obligado a decirle, señor Otis, que el fantasma ha sido visto por varios miembros de mi familia que aún viven, así como por el rector de la parroquia, el Reverendo Augustus Dampier, que es miembro del King's College de Cambridge. Después del desafortunado accidente ocurrido a la Duquesa, ninguno de nuestros sirvientes más jóvenes quiso quedarse con nosotros, y Lady Canterville a menudo dormía muy poco por la noche, como consecuencia de los misteriosos ruidos que llegaban del pasillo y de la biblioteca».

«Milord», respondió el Ministro, «aceptaré el mobiliario y el fantasma a su justo precio. Vengo de un país moderno, en el que tenemos todo lo que el dinero puede comprar; y con todos nuestros jóvenes y ágiles compañeros escandalizándose en el Viejo Mundo, y llevándose a sus mejores actores y prima-donnas, considero que si quedara tal cosa como un fantasma en Europa, lo tendríamos en casa en muy poco tiempo en uno de nuestros museos públicos, o en la carretera, como un espectáculo».

«Me temo que el fantasma existe», dijo Lord Canterville, sonriendo, «aunque puede haber resistido las insinuaciones de sus intrépidos empresarios. Es bien conocido desde hace tres siglos, desde 1584 de hecho, y siempre hace su aparición antes de la muerte de cualquier miembro de nuestra familia».

«Bueno, también lo hace el médico de la familia, Lord Canterville. Pero no existe tal cosa, señor, como un fantasma, y supongo que las leyes de la naturaleza no se van a suspender en honor a la aristocracia británica».

LA SEÑORITA E. OTIS

«Ciertamente son ustedes muy naturales en Estados Unidos», respondió Lord Canterville, que no acababa de entender la última observación del señor Otis, «y si no le importa que haya un fantasma en la casa, está bien. Sólo debe recordar que le advertí».

Pocas semanas después de esto, se concluyó la compra, y al final de la temporada el Ministro y su familia se trasladaron a Canterville Chase. La señora Otis, que, como señorita Lucretia R. Tappan, de West 53d Street, había sido una célebre belleza neoyorquina, era ahora una mujer de mediana edad muy atractiva, con ojos finos y un perfil soberbio. Muchas damas norteamericanas al dejar su tierra natal adoptan un aspecto de mala salud crónica, bajo la impresión de que es una forma de refinamiento europeo, pero la señora Otis nunca había caído en este error. Tenía una magnífica constitución y un maravilloso espíritu animal. De hecho, en muchos aspectos, era bastante inglesa, y constituía un excelente ejemplo de que hoy en día tenemos todo en común con los Estados Unidos, excepto, por supuesto, el idioma. Su hijo mayor, bautizado por sus padres con el nombre de Washington en un momento de patriotismo, del que él nunca dejó de arrepentirse, era un joven rubio y bastante apuesto, que se había cualificado para la diplomacia americana dirigiendo a los alemanes al Casino de Newport durante tres temporadas sucesivas, e incluso en Londres era conocido como un excelente bailarín. Las gardenias y la nobleza eran sus únicas debilidades. Por lo demás, era extremadamente sensato. La señorita Virginia E. Otis era una niña de quince años, ágil y encantadora como un cervatillo, y con gran libertad en sus grandes ojos azules. Era una amazona maravillosa, y en una ocasión había competido con el viejo Lord Bilton en su poni dos veces alrededor del parque, ganando por un cuerpo y medio, justo delante de la estatua de Aquiles, para el enorme deleite del joven Duque de Cheshire, que se declaró a ella en el acto, y fue enviado de vuelta a Eton esa misma noche por sus tutores, en un torrente de lágrimas. Después de Virginia venían los mellizos, a los que solían llamar «La estrella y las rayas», ya que siempre estaban siendo zarandeados. Eran unos niños encantadores y, a excepción del digno Ministro, los únicos verdaderos republicanos de la familia.

«EN UNA OCASIÓN HABÍA COMPETIDO CON EL VIEJO LORD BILTON
EN SU PONI»

Como Canterville Chase está a siete millas de Ascot, la estación de ferrocarril más cercana, el señor Otis había telegrafiado para que un coche descubierto los recibiera, y emprendieron el viaje con mucho ánimo. Era una hermosa tarde de julio y el aire estaba impregnado del aroma de los pinos. De vez en cuando oían a una paloma torcaz arrullando con su dulce voz, o veían, en lo más profundo del susurro de los helechos, el pecho bruñido del faisán. Las pequeñas ardillas les miraban desde los árboles de haya cuando pasaban, y los conejos se alejaban a través de los matorrales y sobre las lomas musgosas, con sus blancas colas en el aire. Sin embargo, cuando entraron en la avenida de Canterville Chase, el cielo se cubrió repentinamente de nubes, una curiosa quietud pareció dominar la atmósfera, un gran vuelo de grajos pasó silenciosamente por encima de sus cabezas y, antes de que llegaran a la casa, habían caído algunas gruesas gotas de lluvia.

De pie en los escalones para recibirlos había una mujer mayor, pulcramente vestida de seda negra, con gorro y delantal blancos. Era la señora Umney, el ama de llaves, a quien la señora Otis, a petición de Lady Canterville, había consentido en mantener en su antiguo puesto. Les hizo una reverencia a cada uno de ellos cuando bajaron y les dijo, de forma pintoresca y anticuada: «Les doy la bienvenida a Canterville Chase». Siguiéndola, atravesaron el bonito salón Tudor y entraron en la biblioteca, una sala larga y baja, con paneles de roble negro, al final de la cual había un gran ventanal de cristales. Allí encontraron el té preparado para ellos y, tras quitarse los abrigos, se sentaron y comenzaron a mirar a su alrededor, mientras la señora Umney los atendía.

De repente, la señora Otis divisó una mancha roja y opaca en el suelo, justo al lado de la chimenea, y, bastante inconsciente de lo que realmente significaba, le dijo a la señora Umney: «Me temo que se ha derramado algo ahí».

«Sí, señora», respondió la vieja ama de llaves en voz baja, «se ha derramado sangre en ese lugar».

«¡Qué horror!», gritó la señora Otis; «no me gustan nada las manchas de sangre en un salón. Hay que quitarla de inmediato».

«SE HA DERRAMADO SANGRE EN ESE LUGAR»

La anciana sonrió y respondió con la misma voz baja y misteriosa, «es la sangre de Lady Eleanore de Canterville, que fue asesinada en ese mismo lugar por su propio marido, Sir Simon de Canterville, en 1575. Sir Simon le sobrevivió nueve años y desapareció repentinamente en circunstancias muy misteriosas. Su cuerpo nunca ha sido descubierto, pero su espíritu culpable sigue rondando por Chase. La mancha de sangre ha sido muy admirada por los turistas y por otros, y no puede ser eliminada».

«Eso es una tontería», gritó Washington Otis; «el quitamanchas Champion de Pinkerton y el detergente Paragon lo limpiarán en un santiamén», y antes de que la aterrorizada ama de llaves pudiera intervenir, él se había puesto de rodillas y estaba fregando rápidamente el suelo con un pequeño palo de lo que parecía un cosmético negro. En unos instantes no se veía ni rastro de la mancha de sangre.

«Sabía que Pinkerton lo haría», exclamó triunfante, mientras miraba a su familia que lo estaba admirando; pero apenas dijo estas palabras, un terrible relámpago iluminó la sombría sala, un temible trueno hizo que todos se pusieran en pie y la señora Umney se desmayó.

«¡Qué clima tan monstruoso!», dijo el Ministro de los Estados Unidos de América, con calma, mientras encendía un largo cigarro. «Supongo que el viejo país está tan superpoblado que no tienen suficiente clima decente para todos. Siempre he sido de la opinión de que la emigración es la única opción para Inglaterra».

«Mi querido Hiram», gritó la señora Otis, «¿qué podemos hacer con una mujer que se desmaya?».

«Descuéntale el tiempo de su salario», respondió el Ministro; «no se desmayará después de eso»; y en unos momentos la señora Umney volvió ciertamente a la conciencia. Sin embargo, no cabía duda de que estaba sumamente alterada, y advirtió severamente al señor Otis que estuviera atento a la llegada de un problema a la casa.

«He visto cosas con mis propios ojos, señor», dijo ella, «que pondrían los pelos de punta a cualquier cristiano, y muchas, muchas noches no he podido cerrar los ojos y dormir a causa de las cosas horribles que ocurren aquí». El señor Otis, sin embargo, y su esposa aseguraron calurosamente a la honesta alma que no temían a los fantasmas, y, después de invocar las bendiciones de la Providencia sobre su nuevo amo y señora, y de hacer arreglos para un aumento de salario, la vieja ama de llaves se fue tambaleando a su propia habitación.

II

La tormenta arreció ferozmente toda esa noche, pero no ocurrió nada de importancia. A la mañana siguiente, sin embargo, cuando bajaron a desayunar, encontraron de nuevo la terrible mancha de sangre en el suelo. «No creo que pueda ser culpa del detergente Paragon», dijo Washington, «pues lo he probado con todo. Debe ser el fantasma». En consecuencia, frotó la mancha por segunda vez, pero a la mañana siguiente volvió a aparecer. La tercera mañana también estaba allí, aunque el propio señor Otis había cerrado la biblioteca por la noche y se había llevado la llave al piso de arriba. Toda la familia estaba ahora muy interesada; el señor Otis empezó a sospechar que había sido demasiado dogmático en su negación de la existencia de los fantasmas, la señora Otis expresó su intención de unirse a la Sociedad Psíquica, y Washington preparó una larga carta para los señores Myers y Podmore sobre el tema de «la Permanencia de las manchas sanguinolentas cuando están relacionadas con el crimen». Aquella noche se disiparon para siempre todas las dudas sobre la existencia objetiva de los fantasmas.

El día había sido cálido y soleado; y, al fresco de la tarde, toda la familia salió a dar un paseo en coche. No volvieron a casa hasta las nueve, cuando cenaron algo ligero. La conversación no giró en absoluto en torno a los fantasmas, por lo que ni siquiera se dieron esas condiciones primarias de expectativa receptiva que tan a menudo preceden a la presentación de fenómenos psíquicos. Los temas tratados, según he sabido posteriormente por el señor Otis, eran simplemente los que forman parte de la conversación ordinaria de los norteamericanos cultos de la mejor clase, como la inmensa superioridad de la señorita Fanny Devonport sobre Sarah Bernhardt como actriz; la dificultad de conseguir maíz verde, tortas de trigo sarraceno y sémola de maíz, incluso en las mejores casas inglesas; la importancia de Boston en el desarrollo del alma universal; las ventajas del sistema de control de equipaje en los viajes por ferrocarril; y la dulzura del acento de Nueva York en comparación con el desgarbo londinense. No se hizo mención alguna de lo sobrenatural, ni se aludió en modo alguno a Sir Simon de Canterville. A las once en punto la familia se retiró y a las once y media todas las luces estaban apagadas. Algún tiempo después, el señor Otis se despertó por un curioso ruido en el pasillo, fuera de su habitación. Sonaba como un ruido metálico y parecía acercarse cada vez más. Se levantó inmediatamente, encendió una cerilla y miró la hora. Era exactamente la una.

Él estaba tranquilo y se tomó el pulso, no tenía fiebre. El extraño ruido continuaba, y con él oyó claramente el ruido de pasos. Se puso las zapatillas, sacó una pequeña ampolla oblonga de su neceser y abrió la puerta. Justo delante de él vio, a la débil luz de la luna, a un anciano de aspecto terrible. Tenía los ojos rojos como carbones encendidos; el pelo largo y gris le caía sobre los hombros en mechones enmarañados; sus ropas, de corte antiguo, estaban sucias y harapientas, y de las muñecas y los tobillos le colgaban pesados grilletes y oxidados guanteletes.

«Mi querido señor», dijo el señor Otis, «realmente debo insistir en que engrase esas cadenas, y para ello le he traído una botellita del Lubricante Sol Naciente de Tammany. Se dice que es completamente eficaz con una sola aplicación, y hay varios testimonios en el envoltorio de algunos de nuestros más eminentes sacerdotes nativos. Se la dejaré aquí, junto a las velas del dormitorio, y estaré encantado de proporcionarle más si lo necesita». Con estas palabras, el Ministro de los Estados Unidos de América depositó la botella sobre una mesa de mármol y, cerrando la puerta, se retiró a descansar.

Por un momento, el fantasma de Canterville permaneció inmóvil con natural indignación; luego, arrojando violentamente la botella contra el suelo pulido, huyó por el corredor, profiriendo gemidos cavernosos y emitiendo una luz verde sobrenatural. Sin embargo, justo cuando llegaba a lo alto de la gran escalera de roble, una puerta se abrió de par en par, aparecieron dos pequeñas figuras vestidas de blanco y una gran almohada pasó silbando junto a su cabeza. Evidentemente, no había tiempo que perder, así que, adoptando apresuradamente la Cuarta Dimensión del Espacio como medio de escape, desapareció a través del revestimiento de madera, y la casa quedó en silencio.

Al llegar a una pequeña cámara secreta en el ala izquierda, se apoyó contra un rayo de luna para recobrar el aliento, y empezó a tratar de reflexionar acerca de su posición. Nunca, en una brillante e ininterrumpida carrera de trescientos años, había sido tan groseramente insultado. Pensó en la Duquesa Viuda, a la que había asustado hasta provocar un colapso cuando se encontraba ante el espejo con sus encajes y diamantes; en las cuatro criadas, que se habían puesto histéricas cuando él se limitó a sonreírles a través de las cortinas de uno de los dormitorios de invitados; en el rector de la parroquia, cuya vela había apagado cuando llegaba tarde una noche de la biblioteca, y que desde entonces había estado bajo el cuidado de Sir William Gull, un perfecto mártir de los trastornos nerviosos; y de la vieja Madame de Tremouillac, que, tras despertarse una mañana temprano y ver un esqueleto sentado en un sillón junto al fuego leyendo su diario, había permanecido confinada en su cama durante seis semanas con un ataque de fiebre cerebral y, al recuperarse, se había reconciliado con la Iglesia y había roto su relación con ese notorio escéptico, Monsieur de Voltaire. Recordó la terrible noche en que encontraron al malvado Lord Canterville ahogándose en su camerino, con la jota de diamantes a medio camino de la garganta, y confesó, justo antes de morir, que había estafado a Charles James Fox por cincuenta mil libras en Crockford's por medio de esa misma carta, y juró que el fantasma se la había hecho tragar. Todos sus grandes logros volvieron a su memoria, desde el mayordomo que se había pegado un tiro en la despensa porque había visto una mano verde golpeando el cristal de la ventana, hasta la hermosa Lady Stutfield, que se vio obligada a llevar permanentemente una cinta de terciopelo negro alrededor de la garganta para ocultar la marca de cinco dedos quemados en su blanca piel, y que al final se ahogó en el estanque de las carpas al final del Paseo del Rey. Con el egoísmo entusiasta del verdadero artista, repasó sus actuaciones más célebres, y sonrió amargamente para sus adentros al recordar su última aparición como «Rubén el Rojo, o el Bebé Estrangulado», su debut como «Gibeón el Flaco, el Vampiro del Páramo de Bexley», y el furor que había provocado una encantadora tarde de junio por el mero hecho de jugar a los nueve bolos con sus propios huesos en el campo de tenis sobre césped. Y después de todo esto, unos desgraciados norteamericanos modernos iban a venir a ofrecerle el Lubricante Sol Naciente y a tirarle almohadas a la cabeza. Era insoportable. Además, ningún fantasma en la historia había sido tratado de esa manera. En consecuencia, decidió vengarse, y permaneció hasta el amanecer en actitud de profunda reflexión.

«REALMENTE DEBO INSISTIR EN QUE ENGRASE ESAS CADENAS»

III

A la mañana siguiente, cuando la familia Otis se reunió para desayunar, hablaron largo y tendido sobre el fantasma. Naturalmente, el Ministro de los Estados Unidos de América se sintió un poco molesto al ver que su regalo no había sido aceptado. «No tengo ningún deseo», dijo, «de hacerle ningún daño personal al fantasma, y debo decir que, teniendo en cuenta el tiempo que lleva en la casa, no creo que sea nada cortés tirarle almohadas»... una observación muy justa, ante la cual, siento decirlo, los mellizos estallaron en carcajadas. «Por otra parte», continuó, «si realmente se niega a usar el Lubricante Sol Naciente, tendremos que quitarle las cadenas. De lo contrario, será imposible dormir con tanto ruido fuera de las habitaciones».

Sin embargo, durante el resto de la semana no fueron molestados, y lo único que les llamó la atención fue la continua renovación de la mancha de sangre en el suelo de la biblioteca. Esto era ciertamente muy extraño, ya que el señor Otis siempre cerraba la puerta con llave por la noche y bloqueaba las ventanas con barrotes. Además, el color camaleónico de la mancha suscitó muchos comentarios. Algunas mañanas era de un rojo apagado (casi índigo), luego bermellón, después púrpura intenso, y una vez, cuando bajaron para las oraciones familiares, según los sencillos ritos de la Iglesia Episcopal Reformada Libre Americana, lo encontraron de un brillante verde esmeralda. Naturalmente, estos cambios caleidoscópicos divertían mucho al grupo, y todas las noches se hacían apuestas sobre el tema. La única persona que no participaba en la broma era la pequeña Virginia, quien, por alguna razón inexplicable, siempre se angustiaba mucho al ver la mancha de sangre, y casi lloró la mañana en que tenía un color verde esmeralda.

La segunda aparición del fantasma tuvo lugar el domingo por la noche. Poco después de acostarse, se alarmaron de repente al oír un ruido espantoso en el vestíbulo. Bajaron corriendo las escaleras y descubrieron que una gran armadura antigua se había desprendido de su soporte y había caído sobre el suelo de piedra, mientras que sentado en una silla de respaldo alto estaba el fantasma de Canterville, frotándose las rodillas con una expresión de aguda agonía en el rostro. Los mellizos, que habían traído sus cerbatanas, descargaron dos perdigones sobre él, con esa precisión y puntería que sólo puede alcanzarse mediante una larga y cuidadosa práctica con un maestro de escritura, mientras el Ministro de los Estados Unidos de América lo cubría con su revólver y le pedía, de acuerdo con la etiqueta californiana, que levantara las manos. El fantasma se levantó con un salvaje grito de rabia y los atravesó como una niebla, apagando la vela de Washington Otis a su paso y dejándolos a todos en la más completa oscuridad. Al llegar a lo alto de la escalera se recuperó y decidió lanzar su célebre carcajada demoníaca. En más de una ocasión le había resultado extremadamente útil. Se decía que había encanecido la peluca de Lord Raker en una sola noche, y sin duda había hecho renunciar a tres de las institutrices francesas de Lady Canterville antes de que terminaran el mes. En consecuencia, soltó su risa más horrible, hasta que el viejo techo abovedado sonó y volvió a sonar, pero apenas se había apagado el temible eco cuando se abrió una puerta y salió la señora Otis en bata azul claro. «Me temo que no se encuentra nada bien», dijo, «y le he traído un frasco de tintura del Doctor Dobell. Si es indigestión, le parecerá un remedio excelente». El fantasma la fulminó con la mirada, furioso, y comenzó de inmediato a hacer los preparativos para convertirse en un gran perro negro, un logro por el que era justamente famoso y al que el médico de la familia atribuía siempre la permanente idiotez del tío de Lord Canterville, el Honorable Thomas Horton. Sin embargo, el sonido de unos pasos que se acercaban le hizo vacilar en su malvado propósito, así que se contentó con volverse débilmente fosforescente y desapareció con un profundo gemido sepulcral, justo cuando los mellizos habían llegado hasta él.

Al llegar a su habitación se derrumbó por completo y fue presa de la más violenta agitación. La vulgaridad de los mellizos y el grosero materialismo de la señora Otis eran, naturalmente, muy molestos, pero lo que más le afligía era no haber podido ponerse la cota de malla. Esperaba que incluso los norteamericanos modernos se sintieran emocionados ante la visión de un espectro con armadura, si no por una razón más sensata, al menos por respeto a su poeta natural, Longfellow, con cuya graciosa y atractiva poesía él mismo había pasado muchas horas en vela cuando los Canterville estaban en la ciudad. Además, era su propia armadura. La habia lucido con gran éxito en el torneo de Kenilworth, y habia recibido grandes elogios nada menos que de la propia Reina Virgen. Sin embargo, cuando se la había puesto, el peso de la enorme coraza y del yelmo de acero le había vencido por completo y había caído pesadamente sobre el suelo de piedra, produciéndose un fuerte crujido en ambas rodillas y magulladuras en los nudillos de la mano derecha.

«LOS MELLIZOS... DESCARGARON DOS PERDIGONES SOBRE ÉL»

Durante algunos días después de esto estuvo extremadamente enfermo, y apenas salía de su habitación, excepto para mantener la mancha de sangre en buen estado. Sin embargo, cuidando mucho de sí mismo, se recuperó, y resolvió hacer un tercer intento de asustar al Ministro de los Estados Unidos de América y a su familia. Eligió el viernes 17 de agosto para su aparición, y pasó la mayor parte de ese día revisando su vestuario, decidiéndose finalmente por un gran sombrero inclinado con una pluma roja, un sudario con volantes en las muñecas y el cuello, y una daga oxidada. Hacia el atardecer se desató una violenta tormenta, y el viento era tan fuerte que todas las ventanas y puertas de la vieja casa temblaban y vibraban. De hecho, era el tiempo que a él le gustaba. Su plan de acción era el siguiente. Debía dirigirse silenciosamente a la habitación de Washington Otis, balbucearle desde los pies de la cama y apuñalarse tres veces en la garganta al son de una música baja. Le guardaba un rencor especial a Washington, pues sabía perfectamente que era él quien tenía la costumbre de eliminar la famosa mancha de sangre de Canterville con el detergente Paragon de Pinkerton. Habiendo reducido al imprudente y temerario joven a una condición de terror abyecto, se dirigiría entonces a la habitación ocupada por el Ministro de los Estados Unidos de América y su esposa, y allí pondría una mano viscosa sobre la frente de la señora Otis, mientras siseaba al oído de su tembloroso marido los horribles secretos del osario. En cuanto a la pequeña Virginia, aún no había tomado una decisión. Ella nunca lo había insultado de ninguna manera, y era bonita y amable. Pensó que unos gemidos cavernosos desde el armario serían más que suficientes o, si eso no conseguía despertarla, podría aferrar el cubrecama con dedos paralíticos. En cuanto a los mellizos, estaba decidido a darles una lección. Lo primero que había que hacer era, por supuesto, sentarse sobre sus pechos, para producir la sofocante sensación de pesadilla. Luego, como sus camas estaban muy cerca la una de la otra, se colocaría entre ellas en forma de cadáver verde y helado, hasta que se paralizaran de miedo y, finalmente, tiraría la sábana y se arrastraría por la habitación, con los huesos blancos y descoloridos y un globo ocular rodante, en el personaje de «Daniel el Mudo, o el Esqueleto del Suicida», un papel en el que en más de una ocasión había producido un gran efecto, y que consideraba igual a su famoso papel de «Martin el Maníaco, o el Misterio de la Máscara».

«SU CABEZA ERA CALVA Y BRUÑIDA»

«SU CABEZA ERA CALVA Y BRUÑIDA»

A las diez y media oyó que la familia se iba a la cama. Durante algún tiempo le molestaron los gritos de risa de los mellizos, que, con la alegría despreocupada de los colegiales, se divertían antes de irse a descansar, pero a las once y cuarto todo estaba en calma y, cuando sonó la medianoche, salió. El búho golpeaba contra los cristales de las ventanas, el cuervo graznaba desde el viejo tejo y el viento vagaba gimiendo alrededor de la casa como un alma perdida; pero la familia Otis dormía inconsciente de su destino, y por encima de la lluvia y la tormenta podía oírse el ronquido constante del Ministro de los Estados Unidos de América. Él salió sigilosamente del revestimiento, con una sonrisa maligna en su boca cruel y arrugada, y la luna ocultó su rostro en una nube cuando pasó junto a la gran ventana del mirador, donde sus propias armas y las de su esposa asesinada estaban blasonadas en azur y oro. Siguió deslizándose como una sombra maligna, y la oscuridad parecía repugnarle a su paso. Una vez creyó oír que algo lo llamaba y se detuvo; pero sólo era el aullido de un perro de la Granja Roja, y siguió adelante, murmurando extrañas maldiciones del siglo XVI y blandiendo una y otra vez la daga oxidada en el aire de la medianoche. Finalmente llegó a la esquina del pasadizo que conducía a la habitación del desafortunado Washington. Durante un momento se detuvo allí, con el viento agitando sus largos mechones grises alrededor de la cabeza y retorciendo en pliegues grotescos y fantásticos el horror sin nombre de la mortaja del muerto. Entonces el reloj dio las menos cuarto y sintió que había llegado la hora. Se rió para sus adentros y dobló la esquina; pero no bien lo hubo hecho, con un gemido lastimero de terror, cayó de espaldas y ocultó su rostro blanqueado entre sus largas y huesudas manos. Justo delante de él se alzaba un espectro horrible, inmóvil como una imagen tallada y monstruoso como el sueño de un loco. Su cabeza era calva y bruñida; su cara redonda, gorda y blanca; y una horrible risa parecía haber retorcido sus rasgos en una eterna mueca. De los ojos brotaban rayos de luz escarlata, la boca era un ancho pozo de fuego, y una horrible vestidura, como la suya propia, envolvía con sus nieves silenciosas la forma del Titán. En su pecho había un cartel con extrañas inscripciones en caracteres antiguos, algún pergamino de vergüenza, algún registro de pecados salvajes, algún horrible calendario de crímenes, y, con su mano derecha, alzaba un bracamarte de reluciente acero.

Como nunca antes había visto un fantasma, se asustó terriblemente y, tras echar una segunda mirada apresurada al espantoso espectro, huyó de vuelta a su habitación, tropezando con su largo sudario mientras corría por el pasillo y, finalmente, dejando caer la daga oxidada en las botas del Ministro, donde fue encontrada por la mañana por el mayordomo. Una vez en la intimidad de su apartamento, se tumbó en un pequeño camastro y escondió la cara bajo la ropa. Al cabo de un rato, sin embargo, el viejo y valiente espíritu de Canterville se reafirmó, y decidió ir a hablar con el otro fantasma en cuanto se hiciera de día. En consecuencia, justo cuando el alba cubría de plata las colinas, regresó al lugar donde había visto por primera vez al espantoso espectro, pensando que, después de todo, dos fantasmas eran mejor que uno y que, con la ayuda de su nuevo amigo, podría enfrentarse sin peligro a los mellizos. Al llegar al lugar, sin embargo, su mirada se encontró con un espectáculo terrible. Evidentemente, algo le había sucedido al espectro, pues la luz se había desvanecido por completo de sus ojos huecos, el brillante bracamarte se le había caído de la mano y estaba apoyado contra la pared en una actitud tensa e incómoda. Se precipitó hacia adelante y lo cogió en sus brazos, cuando, para su horror, la cabeza se desprendió y rodó por el suelo, el cuerpo adoptó una postura yacente y se encontró abrazado a una cortina gruesa de algodón, con una escoba, una cuchilla de cocina y un nabo hueco a sus pies. Incapaz de comprender esta curiosa transformación, agarró la pancarta con prisa febril, y allí, a la luz gris de la mañana, leyó estas temibles palabras:

EL FANTASMA DE LOS OTIS

El único fantasma verdadero y original,

Cuidado con las imitaciones.

Todos los demás son falsificaciones.

En un momento se dio cuenta de la situación. Había sido engañado, frustrado y burlado. La vieja mirada de Canterville apareció en sus ojos; rechinó sus encías desdentadas; y, levantando sus manos marchitas por encima de su cabeza, juró según la pintoresca fraseología de la escuela antigua, que, cuando Chanticleer hubiera tocado dos veces su alegre cuerno, se llevarían a cabo hechos de sangre, y el asesinato caminaría por todas partes con pies silenciosos.

Apenas había terminado este horrible juramento cuando, desde el tejado de tejas rojas de una lejana granja, cantó un gallo. Soltó una carcajada larga, grave y amarga, y esperó. Hora tras hora esperó, pero el gallo, por alguna extraña razón, no volvió a cantar. Finalmente, a las siete y media, la llegada de las criadas le hizo abandonar su temible vigilia, y regresó a su habitación, pensando en su vano juramento y en su propósito frustrado. Allí consultó varios libros de caballería antigua, a los que era muy aficionado, y descubrió que, en todas las ocasiones en que se había utilizado este juramento, Chanticleer siempre había cacareado por segunda vez. «¡Que la perdición se apodere de la maldita ave!», murmuró, «¡he visto el día en que, con mi robusta lanza, le habría hecho correr por el desfiladero, y le habría hecho cacarear para mí aunque fuera en la muerte!». Luego se retiró a un cómodo ataúd de plomo, y permaneció allí hasta la noche.

«SUFRIÓ UNA GRAVE CAÍDA»

IV

Al día siguiente el fantasma estaba muy débil y cansado. La terrible excitación de las últimas cuatro semanas empezaba a surtir efecto. Tenía los nervios destrozados y se sobresaltaba al menor ruido. Durante cinco días permaneció en su habitación, y por fin se decidió a renunciar a la cuestión de la mancha de sangre en el suelo de la biblioteca. Si la familia Otis no la quería, estaba claro que no se la merecía. Evidentemente, eran personas de un plano de existencia bajo y material, y bastante incapaces de apreciar el valor simbólico de los fenómenos sensuales. La cuestión de las apariciones fantasmales y el desarrollo de los cuerpos astrales era, por supuesto, un asunto muy diferente, y realmente no estaba bajo su control. Era su deber solemne aparecer en el corredor una vez a la semana, y farfullar desde el gran ventanal los primeros y terceros miércoles de cada mes, y no veía cómo podría escapar honorablemente de sus obligaciones. Es cierto que en su vida había habido muchas maldades, pero, por otra parte, era muy concienzudo en todo lo relacionado con lo sobrenatural. En consecuencia, durante los tres sábados siguientes recorrió el pasillo como de costumbre entre la medianoche y las tres, tomando todas las precauciones posibles para no ser visto ni oído. Se quitaba las botas, pisaba con la mayor ligereza posible las viejas tablas agusanadas, llevaba una gran capa de terciopelo negro y tenía cuidado de utilizar el Lubricante Sol Naciente para engrasar sus cadenas. Debo reconocer que le costó mucho adoptar este último modo de protección. Sin embargo, una noche, mientras la familia cenaba, se coló en el dormitorio del señor Otis y se llevó la botella. Al principio se sintió un poco humillado, pero después fue lo bastante sensato como para darse cuenta de que el invento tenía mucho mérito y, hasta cierto punto, servía a sus propósitos. A pesar de todo, no le dejaron tranquilo. Continuamente le tendían cuerdas por el pasillo, con las que tropezaba en la oscuridad, y en una ocasión, mientras estaba vestido para el papel de «Isaac el Negro, o el Cazador de los Bosques de Hogley», sufrió una grave caída al pisar un tobogán de mantequilla que los mellizos habían construido desde la entrada de la Cámara de los Tapices hasta lo alto de la escalera de roble. Este último insulto le enfureció tanto que decidió hacer un último esfuerzo para afirmar su dignidad y posición social, y decidió visitar a los insolentes jóvenes etonianos la noche siguiente en su célebre personaje de «Rupert el Imprudente, o el Conde sin Cabeza».

«UNA PESADA JARRA DE AGUA LE CAYÓ ENCIMA»

Hacía más de setenta años que no aparecía con aquel disfraz; de hecho, no lo hacía desde que asustó tanto con él a la bella Lady Barbara Modish, que ésta rompió repentinamente su compromiso con el abuelo del actual Lord Canterville y huyó a Gretna Green con el apuesto Jack Castletown, declarando que nada en el mundo la induciría a casarse con una familia que permitía que un fantasma tan horrible se paseara por la terraza al anochecer. El pobre Jack fue abatido más tarde en un duelo por Lord Canterville en Wandsworth Common, y Lady Barbara murió con el corazón roto en Tunbridge Wells antes de que acabara el año, así que, en todos los sentidos, había sido un gran éxito. Sin embargo, se trataba de un «maquillaje» extremadamente difícil, si se me permite utilizar una expresión tan teatral en relación con uno de los mayores misterios del mundo sobrenatural o, por emplear un término más científico, del mundo supranatural, y le llevó tres horas hacer los preparativos. Por fin todo estaba listo, y él estaba muy satisfecho de su aspecto. Las grandes botas de montar de cuero que hacían juego con la vestimenta le quedaban un poco grandes, y sólo pudo encontrar una de las dos pistolas de montar, pero, en general, estaba bastante satisfecho, y a la una y cuarto se deslizó fuera del revestimiento de madera y se arrastró por el corredor. Al llegar a la habitación ocupada por los mellizos, que debo mencionar se llamaba la Cámara de la Cama Azul, por el color de sus colgaduras, encontró la puerta entreabierta. Deseando hacer una entrada eficaz, la abrió de par en par, cuando una pesada jarra de agua le cayó encima, mojándole hasta los huesos y pasándole un par de pulgadas por encima del hombro izquierdo. En el mismo momento oyó gritos ahogados de risa procedentes de la cama de cuatro postes. La conmoción en su sistema nervioso fue tan grande que huyó a su habitación con todas sus fuerzas, y al día siguiente tuvo que guardar cama con un fuerte resfriado. Lo único que le consoló en todo aquel asunto fue el hecho de no haber llevado la cabeza consigo, ya que, de haberlo hecho, las consecuencias podrían haber sido muy graves.

«HACIENDO COMENTARIOS SATÍRICOS SOBRE LAS FOTOGRAFÍAS»

Renunció entonces a toda esperanza de asustar alguna vez a aquella ruda familia americana y se contentó, por regla general, con arrastrarse por los pasadizos en zapatillas de lana, con una gruesa bufanda roja alrededor de la garganta, por miedo a las corrientes de aire, y un pequeño arcabuz, por si le atacaban los mellizos. El último golpe que recibió ocurrió el 19 de septiembre. Había bajado al gran vestíbulo, convencido de que allí, en cualquier caso, no sería molestado en absoluto, y se divertía haciendo comentarios satíricos sobre las grandes fotografías de Saroni del Ministro de los Estados Unidos de América y su esposa, que ahora ocupaban el lugar de los cuadros de la familia Canterville. Iba simple pero pulcramente vestido con un largo sudario manchado de moho de cementerio, se había atado la mandíbula con una tira de lino amarillo y llevaba una pequeña linterna y una pala de sepulturero. De hecho, estaba vestido para el personaje de «Jonas el Desenterrador, o el Ladrón de Cadáveres de Chertsey Barn», una de sus imitaciones más notables y que los Canterville tenían motivos para recordar, ya que fue el verdadero origen de su disputa con su vecino, Lord Rufford. Eran aproximadamente las dos y cuarto de la madrugada y, por lo que pudo comprobar, nadie se movía. Sin embargo, cuando se dirigía hacia la biblioteca para ver si quedaba algún rastro de la mancha de sangre, de repente saltaron hacia él desde un rincón oscuro dos figuras que agitaban los brazos salvajemente por encima de sus cabezas y le gritaron «¡BOO!» al oído.

Presa de un pánico que, dadas las circunstancias, era natural, se dirigió corriendo a la escalera, pero encontró a Washington Otis esperándole allí con la gran regadera de jardín, y viéndose así acorralado por sus enemigos por todas partes, y llevado casi al borde del abismo, desapareció en la gran estufa de hierro, que, afortunadamente para él, no estaba encendida, y tuvo que abrirse camino a casa a través de los conductos y chimeneas, llegando a su propia habitación en un terrible estado de suciedad, desorden y desesperación.

Después de esto no se le volvió a ver en ninguna expedición nocturna. Los mellizos le acecharon en varias ocasiones y sembraron los pasadizos de cáscaras de nuez todas las noches, para gran disgusto de sus padres y de los criados, pero fue en vano. Era evidente que sus sentimientos estaban tan heridos que no aparecería. En consecuencia, el señor Otis reanudó su gran obra sobre la historia del Partido Demócrata, a la que se había dedicado durante algunos años; la señora Otis organizó un maravilloso asado de almejas, que asombró a todo el condado; los muchachos se aficionaron al lacrosse, al euchre, al póquer y a otros juegos nacionales americanos, y Virginia recorrió los senderos en su poni, acompañada por el joven Duque de Cheshire, que había venido a pasar la última semana de sus vacaciones en Canterville Chase. En general, se supuso que el fantasma se había ido y, de hecho, el señor Otis escribió una carta en ese sentido a Lord Canterville, quien, en respuesta, expresó su gran placer por la noticia y envió sus mejores felicitaciones a la digna esposa del Ministro.

Sin embargo, los Otis fueron engañados, pues el fantasma seguía en la casa y, aunque ya casi inválido, no estaba dispuesto a dejar que las cosas se calmaran, sobre todo al enterarse de que entre los invitados se encontraba el joven Duque de Cheshire, cuyo tío abuelo, Lord Francis Stilton, había apostado una vez cien guineas con el Coronel Carbury a que jugaría a los dados con el fantasma de Canterville, y fue encontrado a la mañana siguiente tendido en el suelo de la sala de naipes en un estado de parálisis tan impotente que, aunque vivió hasta una edad avanzada, nunca fue capaz de decir nada más que «Seis Doble». La historia era bien conocida en aquella época, aunque, naturalmente, por respeto a los sentimientos de las dos nobles familias, se hizo todo lo posible por silenciarla, y en el tercer volumen de los *Recuerdos del Príncipe Regente y sus Amigos*, de Lord Tattle, se encontrará un relato completo de todas las circunstancias relacionadas con ella. Naturalmente, el fantasma estaba muy ansioso por demostrar que no había perdido su influencia sobre los Stilton, con los que, de hecho, estaba lejanamente relacionado, ya que su propia prima hermana se había casado en segundas nupcias con el Sieur de Bulkeley, de quien, como todo el mundo sabe, descienden linealmente los Duques de Cheshire. En consecuencia, hizo los arreglos necesarios para aparecerse ante el joven amante de Virginia en su célebre personificación de «El Monje Vampiro, o el Benedictino sin Sangre», una actuación tan horrible que cuando la anciana Lady Startup lo vio, cosa que hizo en una fatal Nochevieja del año 1764, prorrumpió en los más desgarradores alaridos que culminaron en una violenta apoplejía y murió en tres días, tras desheredar a los Canterville, que eran sus parientes más cercanos, y dejar todo su dinero a su boticario de Londres. En el último momento, sin embargo, su terror a los mellizos le impidió salir de su habitación, y el pequeño Duque durmió en paz bajo el gran dosel de plumas de la Alcoba Real, y soñó con Virginia.

«DE REPENTE SALTARON HACIA ÉL DOS FIGURAS»

V

Pocos días después de esto, Virginia y su caballero de pelo rizado salieron a cabalgar por los prados de Brockley, donde ella se rompió el vestido de tal manera al atravesar un seto que, al regresar a casa, decidió subir por la escalera trasera para no ser vista. Al pasar por delante de la Cámara de los Tapices, cuya puerta estaba abierta, le pareció ver a alguien dentro y, pensando que era la criada de su madre, que a veces solía llevar allí su trabajo, se asomó para pedirle que le arreglara el vestido. Sin embargo, para su inmensa sorpresa, ¡era el Fantasma de Canterville en persona! Estaba sentado junto a la ventana, viendo volar por el aire el oro ruinoso de los árboles amarillentos y las hojas rojas que danzaban enloquecidas por la larga avenida. Tenía la cabeza apoyada en la mano, y toda su actitud era de extrema depresión. De hecho, su aspecto era tan triste y desmejorado que la pequeña Virginia, cuya primera idea había sido huir y encerrarse en su habitación, se compadeció de él y decidió intentar consolarlo. Tan ligeros eran los pasos de ella, y tan profunda su melancolía, que él no se dio cuenta de su presencia hasta que ella le habló.

«Lo siento mucho por usted», dijo, «pero mis hermanos volverán a Eton mañana, y entonces, si se porta bien, nadie le molestará».

«Es absurdo pedirme que me comporte», respondió él, mirando con asombro a la bonita muchachita que se había atrevido a dirigirse a él, «completamente absurdo. Debo hacer sonar mis cadenas, y gemir a través de las cerraduras, y caminar por la noche, si eso es lo que quieres decir. Es mi única razón de existir».

«No es razón en absoluto para existir, y usted sabe que ha sido muy malvado. La señora Umney nos dijo, el día que llegamos aquí, que usted había matado a su esposa».

«Bueno, lo admito», dijo el Fantasma, petulante, «pero era un asunto puramente familiar, y no concernía a nadie más».

«Está muy mal matar a quien sea», dijo Virginia, que a veces tenía una dulce gravedad puritana, heredada de algún viejo antepasado de Nueva Inglaterra.

«¡Oh, odio la severidad barata de la ética abstracta! Mi mujer era muy sencilla, nunca me almidonó bien las gorgueras y no sabía nada de cocina. Hubo un ciervo que yo había cazado en el bosque de Hogley, un magnífico alcaraván, y ¿sabes cómo hizo que lo sirvieran en la mesa? Sin embargo, ahora no importa, pues todo ha terminado, y no creo que fuera muy amable por parte de sus hermanos matarme de hambre... aunque yo la haya matado a ella».

«¿Morir de hambre? Oh, Señor Fantasma, quiero decir, Sir Simon, ¿tiene hambre? Tengo un sándwich en mi cartera. ¿Le gustaría?».

«No, gracias, ya nunca como nada; pero es muy amable de tu parte, de todos modos, y eres mucho más agradable que el resto de tu horrible, grosera, vulgar y deshonesta familia».

«¡Basta!», gritó Virginia, dando un pisotón, «es usted quien es grosero, y horrible, y vulgar, y en cuanto a la deshonestidad, usted sabe que robó las pinturas de mi caja para tratar de arreglar esa ridícula mancha de sangre en la biblioteca. Primero se llevó todos mis rojos, incluido el bermellón, y ya no pude pintar más puestas de sol; luego se llevó el verde esmeralda y el amarillo cromo, y finalmente sólo me quedaron el añil y el blanco chino, y sólo pude hacer escenas a la luz de la luna, que siempre son deprimentes de ver, y nada fáciles de pintar. Nunca se lo dije a usted, aunque me molestó mucho, y todo aquello era de lo más ridículo, porque ¿quién ha oído hablar de sangre verde esmeralda?».

«Bueno, en realidad», dijo el Fantasma con bastante mansedumbre, «¿qué podía hacer? Hoy en día es muy difícil conseguir sangre de verdad y, como tu hermano empezó todo con su Detergente Paragon, no vi ninguna razón para no tener tus pinturas. En cuanto al color, siempre es cuestión de gustos: los Canterville tienen sangre azul, por ejemplo, la más azul de Inglaterra; pero sé que a los norteamericanos no les interesan estas cosas».

«No sabe nada al respecto, y lo mejor que puede hacer es emigrar y desarrollar su pensamiento. Mi padre estará encantado de proporcionarle un pasaje gratuito, y aunque hay un fuerte impuesto sobre las cosas espirituosas de todo tipo, no habrá ninguna dificultad en la aduana, ya que los funcionarios son todos demócratas. Una vez en Nueva York, seguro que tendrá un gran éxito. Conozco mucha gente allí que daría cien mil dólares por tener un abuelo, y mucho más que eso por tener un fantasma de familia».

«No creo que vaya a gustarme Norteamérica».

«Supongo que porque no tenemos ruinas ni curiosidades», dijo Virginia, satíricamente.

«¡Nada de ruinas! ¡Nada de curiosidades!», respondió el Fantasma; «ustedes tienen su marina y sus modales».

«Buenas noches; iré a pedirle a papá que les dé a los mellizos una semana más de vacaciones».

«Por favor, no se vaya, señorita Virginia», gritó él; «estoy tan solo y soy tan infeliz, y realmente no sé qué hacer. Quiero irme a dormir y no puedo».

«¡Eso es absurdo! Basta con irse a la cama y apagar la vela. A veces es muy difícil mantenerse despierto, sobre todo en la iglesia, pero dormir no supone ninguna dificultad. Hasta los bebés saben hacerlo, y no son muy listos».

«Hace trescientos años que no duermo», dijo tristemente, y los hermosos ojos azules de Virginia se abrieron con asombro; «hace trescientos años que no duermo, y estoy tan cansado».

Virginia se puso muy seria y sus pequeños labios temblaron como hojas de rosa. Se acercó a él y, arrodillándose a su lado, miró su viejo rostro marchito.

«Pobre, pobre Fantasma», murmuró; «¿no tiene usted un lugar donde dormir?».

«Más allá de los pinares», respondió él en voz baja y soñadora, «hay un pequeño jardín. Allí la hierba crece larga y profunda, allí están las grandes estrellas blancas de la flor de la cicuta, allí el ruiseñor canta toda la noche. Toda la noche canta, y la fría luna de cristal mira hacia abajo, y el tejo extiende sus gigantescos brazos sobre los durmientes».

«POBRE, POBRE FANTASMA», MURMURÓ; «¿NO TIENE USTED UN LUGAR DONDE DORMIR?»

Los ojos de Virginia se empañaron de lágrimas y escondió la cara entre las manos.

«Se refiere al Jardín de la Muerte», susurró.

«Sí, la muerte. La muerte debe ser tan hermosa. Yacer en la suave tierra marrón, con las hierbas ondeando sobre la cabeza, y escuchar el silencio. No tener ayer ni mañana. Olvidar el tiempo, olvidar la vida, estar en paz. Tú puedes ayudarme. Puedes abrirme los portales de la casa de la muerte, porque el amor siempre está contigo, y el amor es más fuerte que la muerte».

Virginia tembló, un escalofrío la recorrió y durante unos instantes se hizo el silencio. Ella se sentía como si estuviera en un sueño terrible.

Entonces el fantasma volvió a hablar, y su voz sonó como el suspiro del viento.

«¿Has leído alguna vez la vieja profecía sobre la ventana de la biblioteca?».

«Oh, a menudo», exclamó la niña, levantando la vista, «la conozco muy bien. Está pintada con curiosas letras negras, y es difícil de leer. Sólo tiene seis líneas:

«"Cuando una chica dorada pueda ganar

La oración de los labios del pecado

Cuando la almendra estéril dé a luz,

Y un infante pequeño regale sus lágrimas,

Entonces toda la casa estará quieta

Y la paz llegará a Canterville".

Pero no sé lo que significan».

«Quieren decir», dijo, tristemente, «que tú debes llorar conmigo por mis pecados, porque no tengo lágrimas, y rezar conmigo por mi alma, porque no tengo fe, y entonces, si siempre has sido dulce, y buena, y amable, el ángel de la muerte se apiadará de mí. Verás formas temibles en la oscuridad, y voces perversas susurrarán a tu oído, pero no te harán daño, porque contra la pureza de un niño pequeño no pueden prevalecer los poderes del Infierno».

Virginia no respondió, y el fantasma se retorció las manos con salvaje desesperación mientras miraba su cabeza dorada inclinada. De pronto ella se puso de pie, muy pálida y con una extraña luz en los ojos. «No tengo miedo», dijo con firmeza, «y pediré al ángel que se apiade de usted».

Él se levantó de su asiento con un débil grito de alegría y, cogiéndole la mano, se inclinó sobre ella con la gracia de antaño y se la besó. Tenía los dedos fríos como el hielo y los labios ardientes como el fuego, pero Virginia no vaciló mientras él la guiaba por la oscura habitación. Sobre el tapiz verde descolorido había pequeños cazadores bordados. Tocaban sus cuernos con borlas y con sus pequeñas manos le hacían señas para que regresara. «¡Vuelve, pequeña Virginia!», le gritaron, «¡vuelve!», pero el fantasma le apretó la mano con más fuerza y ella cerró los ojos. Unos animales horribles con cola de lagarto y ojos como anteojos la miraron desde la chimenea tallada y murmuraron: «¡Cuidado, pequeña Virginia, cuidado, puede que no volvamos a verte!», pero el Fantasma se deslizó rápidamente, y Virginia no escuchó. Cuando llegaron al final de la habitación, el Fantasma se detuvo y murmuró unas palabras que ella no pudo entender. Abrió los ojos y vio que la pared se desvanecía lentamente como la niebla y que delante de ella había una gran caverna negra. Un viento helado los envolvió y ella sintió que algo tiraba de su vestido. «Rápido, rápido», gritó el Espectro, «o será demasiado tarde», y en un instante el revestimiento de madera se cerró tras ellos y la Cámara de los Tapices quedó vacía.

«EL FANTASMA SE DESLIZÓ MÁS RÁPIDAMENTE»

VI

Unos diez minutos después, sonó la campana para el té y, como Virginia no bajaba, la señora Otis hizo subir a uno de los lacayos para que se lo dijera. Al cabo de un rato regresó y dijo que no encontraba a la señorita Virginia por ninguna parte. Como ella tenía la costumbre de salir al jardín todas las tardes a coger flores para la mesa, la señora Otis no se alarmó en absoluto al principio, pero cuando dieron las seis y Virginia no aparecía, se puso realmente nerviosa y envió a los muchachos a buscarla, mientras ella misma y el señor Otis recorrían todas las habitaciones de la casa. A las seis y media volvieron los muchachos y dijeron que no encontraban rastro de su hermana por ninguna parte. Todos estaban ahora en el mayor estado de excitación, y no sabían qué hacer, cuando el señor Otis recordó de repente que, unos días antes, había dado permiso a una banda de gitanos para acampar en el parque. En consecuencia, partió inmediatamente hacia Blackfell Hollow, donde sabía que se encontraban, acompañado por su hijo mayor y dos de los criados de la granja. El pequeño Duque de Cheshire, que estaba completamente frenético de ansiedad, suplicó con todas sus fuerzas que se le permitiera ir también, pero el señor Otis no se lo permitió, pues temía que se produjera una refriega. Al llegar al lugar, sin embargo, se encontró con que los gitanos se habían ido, y era evidente que su marcha había sido bastante repentina, ya que el fuego seguía encendido y algunos platos estaban tirados sobre la hierba. Después de enviar a Washington y a los dos hombres a recorrer el distrito, corrió a casa y envió telegramas a todos los inspectores de policía del condado, diciéndoles que buscaran a una niña que había sido secuestrada por vagabundos o gitanos. Ordenó entonces que trajeran su caballo y, tras insistir en que su esposa y los tres niños se sentaran a cenar, se alejó por el camino de Ascot con un mozo de cuadra. Apenas habia recorrido un par de millas, cuando oyó que alguien galopaba tras él y, al mirar a su alrededor, vio al pequeño Duque que se acercaba en su poni, con la cara muy sonrojada y sin sombrero. «Lo siento mucho, señor Otis», dijo el muchacho jadeando, «pero no puedo cenar mientras Virginia esté perdida. Por favor, no se enfade conmigo; si nos hubiera dejado comprometernos el año pasado, nunca habría habido todo este problema. No me enviará de vuelta, ¿verdad? No puedo irme. No me iré».

«OYÓ QUE ALGUIEN GALOPABA TRAS ÉL»

El Ministro no pudo evitar sonreír al joven y apuesto canalla, y se sintió muy conmovido por su devoción a Virginia, así que, bajándose de su caballo, le dio unas amables palmaditas en los hombros y le dijo: «Bueno, Cecil, si no quieres volver, supongo que debes venir conmigo, pero debo conseguirte un sombrero en Ascot».

«¡Oh, qué fastidia con mi sombrero! Quiero a Virginia», gritó riendo el pequeño Duque, y siguieron galopando hasta la estación de ferrocarril. Allí el señor Otis preguntó al jefe de estación si habían visto en el andén a alguien que respondiera a la descripción de Virginia, pero no pudo obtener noticias de ella. El jefe de estación, sin embargo, telegrafió de un lado a otro de la línea y le aseguró que se mantendría una estricta vigilancia y, después de comprar un sombrero para el pequeño Duque a un pañero que estaba cerrando sus persianas, el señor Otis cabalgó hacia Bexley, un pueblo situado a unas cuatro millas de distancia, que, según le dijeron, era un lugar muy frecuentado por los gitanos, ya que había una gran comunidad en las cercanías. Aquí despertaron al policía rural, pero no pudieron obtener ninguna información de él y, después de cabalgar por toda la zona común, volvieron a casa con sus caballos y llegaron a Chase hacia las once, muertos de cansancio y casi con el corazón destrozado. Encontraron a Washington y a los mellizos esperándolos en la portería con linternas, ya que la avenida estaba muy oscura. No habían descubierto el menor rastro de Virginia. Los gitanos habían sido sorprendidos en los prados de Brockley, pero ella no estaba con ellos, y habían explicado su repentina partida diciendo que se habían equivocado con la fecha de la Feria de Chorton, y habían salido a toda prisa por temor a llegar tarde. De hecho, se habían sentido muy angustiados al enterarse de la desaparición de Virginia, ya que estaban muy agradecidos al señor Otis por haberles permitido acampar en su parque, y cuatro de ellos se habían quedado para ayudar en la búsqueda. Habían dragado el estanque de las carpas y revisado a fondo todo Chase, pero sin resultado alguno. Era evidente que, al menos por aquella noche, Virginia estaba perdida para ellos, y fue en un estado de profunda depresión que el señor Otis y los muchachos se dirigieron a la casa, seguidos por el mozo de cuadra con los dos caballos y el poni. En el vestíbulo encontraron a un grupo de criados asustados, y tumbada en un sofá de la biblioteca estaba la pobre señora Otis, casi fuera de sí por el terror y la ansiedad, y con la frente bañada en agua de colonia por la vieja ama de llaves. El señor Otis insistió en que comiera algo y ordenó que cenaran todos. Fue una comida melancólica, ya que casi nadie habló, e incluso los mellizos estaban espantados y sumisos, pues querían mucho a su hermana. Cuando terminaron, el señor Otis, a pesar de las súplicas del pequeño Duque, ordenó que se acostaran todos, diciendo que aquella noche no se podía hacer nada más y que por la mañana telegrafiaría a Scotland Yard para que enviaran inmediatamente algunos detectives. Justo cuando salían del comedor, la medianoche empezó a resonar en la torre del reloj, y cuando sonó la última campanada oyeron un estruendo y un grito agudo y repentino; un trueno espantoso sacudió la casa, una música sobrenatural flotó en el aire, un panel en lo alto de la escalera voló hacia atrás con un fuerte ruido, y en el rellano, muy pálida y blanca, con un pequeño cofrecillo en la mano, salió Virginia. Al instante todos se abalanzaron sobre ella. La señora Otis la estrechó apasionadamente entre sus brazos, el Duque la asfixió con violentos besos y los mellizos ejecutaron una salvaje danza de guerra alrededor del grupo.

«¡Cielo santo! niña, ¿dónde has estado?», dijo el señor Otis, bastante enfadado, pensando que les había estado gastando alguna broma tonta. «Cecil y yo hemos recorrido todo el país buscándote, y tu madre casi se ha muerto de la angustia. No debes volver a gastarnos estas bromas».

«¡Excepto con el Fantasma! ¡Excepto con el Fantasma!», gritaban los mellizos mientras hacían cabriolas.

«Querida mía, gracias a Dios que has sido encontrada; no debes separarte de mí nunca más», murmuró la señora Otis, mientras besaba a la temblorosa niña y le alisaba el enmarañado y dorado cabello.

«Papá», dijo Virginia en voz baja, «he estado con el Fantasma. Ha muerto y debes venir a verlo. Había sido muy malvado, pero estaba realmente arrepentido de todo lo que había hecho, y me dio esta caja de hermosas joyas antes de morir».

«EN EL RELLANO SALIÓ VIRGINIA»

Toda la familia la miró con mudo asombro, pero su rostro era grave y serio; y, dándose la vuelta, los condujo a través de la abertura en el revestimiento de madera por un estrecho corredor secreto, Washington la seguía con una vela encendida que había cogido de la mesa. Finalmente, llegaron a una gran puerta de roble, tachonada de clavos oxidados. Cuando Virginia la tocó, giró sobre sus pesadas bisagras y se encontraron en una pequeña habitación baja, con techo abovedado y una pequeña ventana enrejada. Incrustada en la pared había una enorme argolla de hierro, a la que estaba encadenado un esqueleto enjuto, extendido a todo lo largo sobre el suelo de piedra, y que parecía intentar agarrar con sus largos dedos descarnados un plato antiguo y una jarra, que estaban colocados justo fuera de su alcance. La jarra había estado llena de agua, pues estaba cubierta de moho verde. Sobre el plato no había más que un montón de polvo. Virginia se arrodilló junto al esqueleto y, juntando sus manitas, se puso a rezar en silencio, mientras el resto del grupo contemplaba asombrado la terrible tragedia cuyo secreto se les revelaba ahora.

«¡Hola!», exclamó de pronto uno de los mellizos, que había estado mirando por la ventana para tratar de descubrir en qué ala de la casa estaba situada la habitación. «El viejo almendro marchito ha florecido. Puedo ver las flores claramente a la luz de la luna».

«Dios le ha perdonado», dijo Virginia con gravedad, mientras se ponía en pie y una hermosa luz parecía iluminar su rostro.

«¡Eres un ángel!», gritó el joven Duque, le echó el brazo al cuello y la besó.

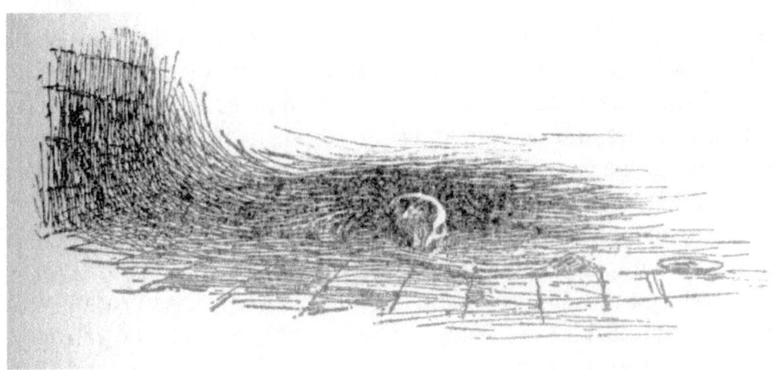

«A LA QUE ESTABA ENCADENADO UN ESQUELETO ENJUTO»

VII

Cuatro días después de estos curiosos incidentes, un funeral partió de Canterville Chase hacia las once de la noche. El coche fúnebre era tirado por ocho caballos negros, cada uno de los cuales llevaba en la cabeza un gran penacho de plumas de avestruz, y el féretro de plomo estaba cubierto por un rico manto púrpura, en el que estaba bordado en oro el escudo de armas de Canterville. Junto al coche fúnebre y las carrozas caminaban los sirvientes con antorchas encendidas, y toda la procesión era impresionante en gran manera. Lord Canterville fue el principal doliente, habiendo venido especialmente desde Gales para asistir al funeral, y se sentó en el primer carruaje junto con la pequeña Virginia. Luego vinieron el Ministro de los Estados Unidos de América y su esposa, después Washington y los tres niños, y en el último carruaje iba la señora Umney. La opinión general era que, como el fantasma la había asustado durante más de cincuenta años de su vida, ella tenía derecho a verlo por última vez. Se había cavado una tumba profunda en un rincón del cementerio, justo debajo del viejo tejo, y el Reverendo Augustus Dampier dio lectura a la misa causando gran impresión. Una vez concluida la ceremonia, los criados, de acuerdo con una antigua costumbre de la familia Canterville, apagaron las antorchas y, cuando el ataúd era bajado a la tumba, Virginia se adelantó y depositó sobre él una gran cruz hecha con flores de almendro, blancas y rosas. Mientras lo hacía, la luna salió de detrás de una nube e inundó con su silenciosa plata el pequeño patio de la iglesia, y desde un bosquecillo lejano un ruiseñor comenzó a cantar. Ella pensó en la descripción que el fantasma había hecho sobre el Jardín de la Muerte, sus ojos se empañaron de lágrimas y apenas pronunció palabra durante el trayecto de vuelta a casa.

A la mañana siguiente, antes de que Lord Canterville fuera a la ciudad, el señor Otis tuvo una entrevista con él sobre el tema de las joyas que el fantasma había regalado a Virginia. Eran absolutamente magníficas, especialmente cierto collar de rubíes con engaste veneciano antiguo, que era realmente un soberbio ejemplar del trabajo que se realizaba en el siglo XVI, y su valor era tan grande que el señor Otis sintió considerables escrúpulos a la hora de permitir que su hija aceptara las joyas.

«JUNTO AL COCHE FÚNEBRE Y LAS CARROZAS CAMINABAN LOS SIRVIENTES CON ANTORCHAS ENCENDIDAS»

«Mi señor», dijo, «sé que en este país las manos muertas se aplican tanto a las baratijas como a la tierra, haciéndolas inalienables, y tengo muy claro que estas joyas son, o deberían ser, reliquias de su familia. Debo rogarle, en consecuencia, que se las lleve a Londres, y que las considere simplemente como una parte de su propiedad que le ha sido devuelta bajo ciertas extrañas condiciones. En cuanto a mi hija, no es más que una niña, y me complace decir que todavía tiene muy poco interés en estos accesorios de lujo ocioso. También me ha informado la señora Otis, quien, debo decir, no es menuda autoridad en materia de arte, ya que tuvo el privilegio de pasar varios inviernos en Boston cuando era niña, que estas gemas tienen un gran valor monetario y, si se pusieran a la venta, alcanzarían un alto precio. En estas circunstancias, Lord Canterville, estoy seguro de que reconocerá lo imposible que me resultaría permitir que permanecieran en posesión de cualquier miembro de mi familia; y, de hecho, todos esos vanos adornos y juguetes, por muy adecuados o necesarios que fueran para la dignidad de la aristocracia británica, estarían completamente fuera de lugar entre aquellos que han sido educados en los severos y —creo— inmortales principios de la sencillez republicana. Tal vez debería mencionar que Virginia está muy interesada en que le permita conservar el recipiente como recuerdo de su desafortunado e insensato antepasado. Como la caja es muy vieja y, por lo tanto, está en muy mal estado, tal vez considere oportuno acceder a su petición. Por mi parte, confieso que me sorprende mucho que una hija mía exprese simpatía por el medievalismo en cualquiera de sus formas, y sólo puedo explicarlo por el hecho de que Virginia nació en uno de sus suburbios londinenses, poco después de que la señora Otis regresara de un viaje a Atenas».

Lord Canterville escuchó muy seriamente el discurso del digno Ministro, tirando de vez en cuando de su bigote gris para ocultar una sonrisa involuntaria, y cuando el señor Otis hubo terminado, le estrechó cordialmente la mano y dijo: «Mi querido señor, su encantadora hijita prestó a mi desafortunado antepasado, Sir Simon, un servicio muy importante, y yo y mi familia estamos muy en deuda con ella por su maravilloso valor y coraje. Está claro que las joyas son suyas y creo que, si yo fuera tan despiadado como para quitárselas, ese viejo malvado saldría de su tumba en quince días y me daría una vida del demonio. En cuanto a que sean reliquias que se hereden, nada es una reliquia si no se menciona así en un testamento o documento legal, y la existencia de estas joyas ha sido bastante desconocida. Le aseguro que no tengo más derecho a ellas que su mayordomo, y cuando la señorita Virginia crezca, me atrevo a decir que estará encantada de tener cosas bonitas que ponerse. Además, olvida, señor Otis, que usted adquirió los muebles y el fantasma a precio de tasación, y que cualquier cosa que perteneciera al fantasma pasó de inmediato a su posesión, ya que, independientemente de la actividad que Sir Simon pudiera haber mostrado en el pasillo por la noche, desde el punto de vista legal estaba realmente muerto, y usted adquirió su propiedad por compra».

El señor Otis se sintió muy afligido por la negativa de Lord Canterville y le rogó que reconsiderara su decisión, pero el bondadoso par se mantuvo firme y finalmente indujo al Ministro a permitir que su hija conservara el regalo que el fantasma le había hecho y cuando en la primavera de 1890, la joven Duquesa de Cheshire fue presentada en el primer salón de la Reina con motivo de su matrimonio sus joyas fueron el tema universal de admiración. Virginia recibió la coronilla, que es la recompensa de todas las niñas norteamericanas buenas, y se casó con su amado en cuanto éste alcanzó la mayoría de edad. Los dos eran tan encantadores y se querían tanto que todo el mundo estaba encantado con la boda, excepto por la vieja Marquesa de Dumbleton, que había intentado conquistar al Duque para una de sus siete hijas solteras, y había organizado no menos de tres costosas cenas con ese fin y, por extraño que parezca, excepto además el propio señor Otis. El señor Otis apreciaba mucho personalmente al joven Duque, pero, teóricamente, se oponía a los títulos y, según sus propias palabras, «temía que, en medio de las influencias enervantes de una aristocracia amante del placer, se olvidaran los verdaderos principios de la sencillez republicana». Sus objeciones, sin embargo, fueron completamente anuladas, y creo que cuando caminó por el pasillo de St. George, Hanover Square, con su hija del brazo, no había un hombre más orgulloso a lo largo y ancho de Inglaterra.

Una vez terminada la luna de miel, el Duque y la Duquesa fueron a Canterville Chase, y al día siguiente de su llegada se dirigieron por la tarde al solitario cementerio de la iglesia, junto a los pinares. Al principio había habido muchas dificultades en cuanto a la inscripción de la lápida de Sir Simon, pero finalmente se había decidido grabar en ella simplemente las iniciales del nombre del anciano caballero y el verso de la ventana de la biblioteca. La Duquesa había traído consigo unas hermosas rosas, que esparció sobre la tumba, y después de haber permanecido junto a ella durante algún tiempo, entraron en el ruinoso presbiterio de la vieja abadía. Allí, la Duquesa se sentó en un pilar caído, mientras su marido yacía a sus pies fumando un cigarrillo y mirándola a los hermosos ojos. De pronto él tiró el cigarrillo, la cogió de la mano y le dijo: «Virginia, una esposa no debe tener secretos para su marido».

«¡Querido Cecil! No tengo secretos para ti».

«Sí que los tienes», contestó sonriendo, «nunca me has contado lo que te pasó cuando estabas encerrada con el fantasma».

«Nunca se lo he dicho a nadie, Cecil», dijo Virginia con gravedad.

«Ya lo sé, pero podrías decírmelo».

«Por favor, no me preguntes, Cecil, no puedo decírtelo. ¡Pobre Sir Simon! Le debo mucho. Sí, no te rías, Cecil, realmente se lo debo. Él me hizo ver lo que es la Vida, y lo que significa la Muerte, y por qué el Amor es más fuerte que ambas».

El Duque se levantó y besó cariñosamente a su esposa.

«Puedes tener tu secreto mientras yo tenga tu corazón», murmuró.

«Siempre lo has tenido, Cecil».

«Y algún día se lo contarás a nuestros hijos, ¿verdad?».

Virginia se sonrojó.

«LA LUNA SALIÓ DE DETRÁS DE UNA NUBE»

Una tarde estaba sentado fuera, en el Café de la Paix, observando el esplendor y la vulgaridad de la vida parisina, y maravillándome con mi vermut del extraño panorama de orgullo y pobreza que pasaba ante mí, cuando oí que alguien me llamaba por mi nombre. Me volví y vi a Lord Murchison. No nos habíamos visto desde que habíamos estado juntos en la universidad, casi diez años antes, así que me alegró volver a cruzarme con él, y nos estrechamos la mano cordialmente. En Oxford habíamos sido grandes amigos. Me había caído inmensamente bien, era tan apuesto, de tan alto espíritu y tan honorable. Solíamos decir de él que sería el mejor de los compañeros si no dijera siempre la verdad, pero creo que realmente le admirábamos aún más por su franqueza. Le encontré bastante cambiado. Parecía ansioso y desconcertado, y parecía dudar sobre algo. Pensé que no podía tratarse de escepticismo moderno, pues Murchison era el más recio de los conservadores y creía en el Pentateuco con tanta firmeza como en la Cámara de los Pares; así que concluí que se trataba de una mujer y le pregunté si ya estaba casado.

«No entiendo bien a las mujeres», respondió.

«Mi querido Gerald», le dije, «las mujeres están hechas para ser amadas, no para ser entendidas».

«No puedo amar donde no puedo confiar», respondió.

«Creo que tienes un misterio en tu vida, Gerald», exclamé; «háblame de ello».

«Vayamos a dar un paseo», respondió, «aquí hay demasiada gente. No, un carruaje amarillo no, de cualquier otro color... ese verde oscuro está bien»; y en unos instantes estábamos trotando por el bulevar en dirección a la Madeleine.

«¿Adónde iremos?», le dije.

«¡Oh, donde quieras!», respondió, «al restaurante del Bois; cenaremos allí, y me contarás todo sobre ti».

«Primero quiero saber de ti», le dije. «Cuéntame tu misterio».

Sacó de su bolsillo un pequeño estuche de cuero de Marruecos con broches de plata y me lo entregó. Lo abrí. Dentro estaba la fotografía de una mujer. Era alta y delgada, y extrañamente pintoresca con sus grandes ojos vagos y su pelo suelto. Parecía una clarividente, y estaba envuelta en ricas pieles.

«¿Qué te parece esa cara?», dijo; «¿es confiable?».

Lo examiné detenidamente. Me pareció el rostro de alguien que tenía un secreto, pero si ese secreto era bueno o malo no podía decirlo. Su belleza era una belleza moldeada a partir de muchos misterios —la belleza, de hecho, que es psicológica, no plástica— y la tenue sonrisa que acababa de dibujarse en los labios era demasiado sutil para ser realmente dulce.

«Bueno», gritó impaciente, «¿qué me dices?».

«Ella es la Gioconda en marta cibelina», respondí. «Hazme saber todo sobre ella».

«Ahora no», dijo; «después de cenar», y empezó a hablar de otras cosas.

Cuando el camarero nos trajo el café y los cigarrillos le recordé a Gerald su promesa. Se levantó de su asiento, caminó dos o tres veces arriba y abajo por la sala y, hundiéndose en un sillón, me contó la siguiente historia:

«Una tarde», dijo, «yo caminaba por Bond Street hacia las cinco. Había una tremenda aglomeración de carruajes y el tráfico estaba casi detenido. Cerca de la acera estaba parado un pequeño coche amarillo que, por una razón u otra, atrajo mi atención. Al pasar junto a él se asomó el rostro que te mostré esta tarde. Me fascinó de inmediato. Durante toda esa noche no dejé de pensar en él, y durante todo el día siguiente. Vagué arriba y abajo por aquella desdichada Row, asomándome a todos los carruajes y esperando el coche amarillo; pero no pude encontrar a *ma belle inconnue*, y al final empecé a pensar que no era más que un sueño. Aproximadamente una semana después estaba cenando con Madame de Rastail. La cena era para las ocho; pero a las ocho y media seguíamos esperando en el salón. Finalmente, el criado abrió la puerta de golpe y anunció a Lady Alroy. Era la mujer que había estado buscando. Ella entró muy despacio, con el aspecto de un rayo de luna vestido de encaje gris y, para mi intenso deleite, me pidieron que la acompañara a cenar. Cuando nos hubimos sentado, comenté con toda inocencia: "Creo que la vi en Bond Street hace algún tiempo, Lady Alroy". Ella se puso muy pálida y me dijo en voz baja: "Por favor, no hable tan alto; puede que le oigan". Me sentí miserable por haber empezado tan mal, y me zambullí imprudentemente en el tema de las obras de teatro francesas. Ella hablaba muy poco, siempre con la misma voz baja y musical, y parecía como si temiera que alguien la escuchara. Me enamoré apasionada y estúpidamente, y la indefinible atmósfera de misterio que la rodeaba excitó mi más ardiente curiosidad. Cuando se marchaba, cosa que hizo muy poco después de cenar, le pregunté si podía verla nuevamente. Dudó un momento, miró a su alrededor para ver si había alguien cerca de nosotros y luego dijo: "Sí; mañana a las cinco menos cuarto". Le rogué a Madame de Rastail que me hablara de ella; pero todo lo que pude averiguar fue que era una viuda con una hermosa casa en Park Lane, y como un científico aburrido empezó una disertación sobre las viudas, como ejemplo de la supervivencia del más apto matrimonialmente, me marché y me fui a casa.

«Al día siguiente llegué a Park Lane puntualmente, pero el mayordomo me dijo que Lady Alroy acababa de salir. Bajé al club bastante descontento y muy desconcertado, y después de pensarlo mucho le escribí una carta a ella, preguntándole si me permitiría probar mi oportunidad alguna otra tarde. No obtuve respuesta durante varios días, pero por fin recibí una pequeña nota diciendo que estaría en casa el domingo a las cuatro, con esta extraordinaria posdata: "Por favor, no vuelva a escribirme aquí; se lo explicaré cuando le vea". El domingo me recibió, y fue perfectamente encantadora; pero cuando me marchaba me rogó que, si alguna vez tenía ocasión de volver a escribirle, dirigiera mi carta a "Mrs. Knox, al cuidado de Whittaker's Library, Green Street". "Hay razones", me dijo, "por las que no puedo recibir cartas en mi propia casa".

«Durante toda la temporada la vi muy seguido, y la atmósfera de misterio nunca la abandonó. A veces yo pensaba que ella estaba en poder de algún hombre, pero parecía tan inaccesible que no podía creerlo. Realmente me resultaba muy difícil llegar a alguna conclusión, pues ella era como uno de esos extraños cristales que uno ve en los museos, que en un momento están claros y en otro turbios. Al final decidí que iba a pedirle que fuera mi esposa: estaba harto del incesante secretismo que ella imponía a todas mis visitas y a las pocas cartas que podía enviarle. Le escribí a la biblioteca para preguntarle si podía verme el lunes siguiente a las seis. Me contestó que sí, y yo estaba en el séptimo cielo del deleite. Estaba encaprichado por ella: a pesar del misterio, pensé entonces; a consecuencia de él, veo ahora. No; era a la mujer misma a quien amaba. El misterio me turbaba, me enloquecía. ¿Por qué el azar me puso tras su pista?».

«¿Lo descubriste, entonces?», grité.

«Me temo que sí», respondió. «Puedes juzgarlo tú mismo».

«Cuando llegó el lunes fui a comer con mi tío, y hacia las cuatro me encontré en Marylebone Road. Mi tío, ya sabes, vive en Regent's Park. Yo quería llegar a Piccadilly, y tomé un atajo a través de un montón de callejuelas venidas a menos. De pronto vi frente a mí a Lady Alroy, totalmente cubierta de velos y caminando muy deprisa. Al llegar a la última casa de la calle, subió los escalones, sacó una llave, abrió un pestillo y entró.

"He aquí el misterio", me dije, y me apresuré a examinar la casa. Parecía una especie de casa de alquiler. En el umbral yacía su pañuelo, que se le había caído. Lo recogí y me lo metí en el bolsillo. Entonces empecé a considerar lo que debía hacer. Llegué a la conclusión de que no tenía derecho a espiarla y me dirigí al club. A las seis la visité. Estaba tumbada en un sofá, con un vestido de té de tisú plateado recogido, con unas extrañas piedras de la luna que siempre llevaba. Estaba encantadora. "Me alegro mucho de verle", dijo; "no he salido en todo el día". La miré asombrado y, sacando el pañuelo de mi bolsillo, se lo entregué. "Se le cayó esto en Cumnor Street esta tarde, Lady Alroy", le dije muy tranquilamente. Ella me miró aterrorizada pero no hizo ningún intento de coger el pañuelo. "¿Qué estaba haciendo allí?", le pregunté. "¿Qué derecho tiene a interrogarme?", respondió ella. "El derecho de un hombre que la ama", repliqué; "he venido a pedirle que sea mi esposa". Ella escondió la cara entre las manos y rompió a llorar a lágrima viva. "Debe decírmelo", continué. Ella se levantó y, mirándome fijamente a la cara, dijo: "Lord Murchison, no tengo nada que decirle". "Usted fue a encontrarse con alguien", grité; "éste es su misterio". Ella se puso terriblemente blanca y dijo: "No fui a encontrarme con nadie". "¿No puede decir la verdad?", exclamé. "Ya la he dicho", replicó ella. Yo estaba furioso, frenético; no sé lo que dije, pero le dije cosas terribles. Finalmente salí corriendo de la casa. Me escribió una carta al día siguiente; se la devolví sin abrir y partí hacia Noruega con Alan Colville. Al cabo de un mes regresé, y lo primero que vi en el *Morning Post* fue la muerte de Lady Alroy. Había cogido un resfriado en la Ópera, y había muerto a los cinco días de congestión pulmonar. Me encerré en mí mismo y no vi a nadie. La había querido tanto, la había amado con locura. ¡Dios mío! ¡Cómo había amado a esa mujer!».

«¿Fuiste a la calle, a la casa que hay en ella?», le dije.

«Sí», respondió.

«Un día fui a Cumnor Street. No pude evitarlo; me torturaba la duda. Llamé a la puerta y me abrió una mujer de aspecto respetable. Le pregunté si tenía alguna habitación en alquiler. "Bueno, señor", me contestó, "se supone que los salones están alquilados; pero hace tres meses que no veo a la señora, y como se debe el alquiler por ellos, puede quedárselos". "¿Es ésta la señora?", le dije, mostrándole una fotografía. "Es ella, seguro", exclamó ella; "¿y cuándo va a volver, señor?". "La señora ha muerto", respondí. "¡Oh, señor, espero que no sea así!", dijo la mujer; "era mi mejor inquilina. Me pagaba tres guineas a la semana sólo por sentarse en mis salones de vez en cuando". "¿Se encontraba con alguien aquí?", dije; pero la mujer me aseguró que no era así, que siempre venía sola y no veía a nadie. "¿Qué demonios hacía ella aquí?", grité. "Simplemente se sentaba en el salón, señor, a leer libros, y a veces tomaba el té", respondió la mujer. No supe qué decir, así que le di un soberano y me marché. Ahora bien, ¿qué crees que significaba todo aquello? ¿Espero que no creas que la mujer decía la verdad?».

«Sí, creo».

«Entonces, ¿por qué Lady Alroy fue allí?».

«Mi querido Gerald», le contesté, «Lady Alroy era simplemente una mujer con manía por el misterio. Tomaba estas habitaciones por el placer de ir allí con el velo caído, e imaginarse que era una heroína. Tenía pasión por el secreto, pero ella misma no era más que una Esfinge sin secreto».

«¿De verdad lo crees?».

«Estoy seguro de ello», respondí.

Él sacó el estuche de cuero de Marruecos, lo abrió y miró la fotografía. «Me pregunto...», dijo al fin.

El modelo millonario

A menos que uno sea rico, no sirve de nada ser un tipo encantador. El romance es el privilegio de los ricos, no la profesión de los desempleados. Los pobres deben ser prácticos y prosaicos. Es mejor tener ingresos permanentes que ser fascinante. Éstas son las grandes verdades de la vida moderna que Hughie Erskine nunca llegó a comprender. ¡Pobre Hughie! Intelectualmente, debemos admitirlo, no tenía mucha importancia. Nunca dijo una cosa brillante, ni siquiera una malintencionada, en su vida. Pero era maravillosamente guapo, con su crispado pelo castaño, su perfil definido y sus ojos grises. Era tan popular entre los hombres como entre las mujeres y había logrado todo excepto ganar dinero. Su padre le había legado su espada de caballería y una *Historia de la Guerra Peninsular* en quince volúmenes. Hughie colgó la primera sobre su espejo, puso la segunda en un estante entre la *Guía de Ruff* y la *Revista Bailey's*, y vivía con doscientas libras al año que le daba una vieja tía. Lo había probado todo. Había estado en la Bolsa durante seis meses; pero ¿qué podía hacer una mariposa entre toros y osos? Había sido comerciante de té durante un poco más, pero pronto se había cansado del pekoe y del souchong. Entonces había probado a vender jerez seco. Eso no funcionó; el jerez era un poco demasiado seco. Al final se convirtió en nada, un joven encantador e ineficaz con un perfil perfecto y ninguna profesión.

Para colmo, estaba enamorado. La chica a la que amaba era Laura Merton, la hija de un Coronel retirado que había perdido los estribos y la digestión en la India, y nunca había vuelto a encontrar ninguna de las dos cosas. Laura le adoraba y él estaba dispuesto a besar los cordones de sus zapatos. Eran la pareja más guapa de Londres, y no tenían ni un penique entre los dos. El Coronel quería mucho a Hughie, pero no quería oír hablar de ningún compromiso.

«Venga a verme, muchacho, cuando tenga diez mil libras propias, y lo veremos», solía decir; y Hughie parecía muy cabizbajo en aquellos días, y tenía que acudir a Laura en busca de consuelo.

Una mañana, cuando se dirigía a Holland Park, donde vivían los Merton, pasó a ver a un gran amigo suyo, Alan Trevor. Trevor era pintor. De hecho, pocas personas escapan a eso hoy en día. Pero también era un artista, y los artistas son bastante raros. Personalmente era un tipo rudo y extraño, con la cara llena de pecas y una barba roja y harapienta. Sin embargo, cuando cogía el pincel era un verdadero maestro, y sus cuadros se buscaban con avidez. Hughie le había atraído mucho al principio, hay que reconocerlo, enteramente por su encanto personal. «Las únicas personas que un pintor debe conocer», solía decir, «son personas que son *bête* y bellas, personas que son un placer artístico mirar y un reposo intelectual hablar con ellas. Los hombres que son dandis y las mujeres que son queridas gobiernan el mundo, al menos deberían hacerlo». Sin embargo, después de conocer mejor a Hughie, le gustaba tanto por su espíritu brillante y boyante como por su naturaleza generosa y temeraria, y le había dado la *entrée* permanente a su estudio.

Cuando Hughie entró se encontró a Trevor dando los últimos retoques a un maravilloso cuadro de tamaño natural de un mendigo. El propio mendigo estaba de pie sobre una plataforma elevada en un rincón del estudio. Era un anciano enjuto, con la cara como un pergamino arrugado y una expresión de lo más lastimera. Sobre sus hombros estaba echada una burda capa marrón, todo rasgada y hecha jirones; sus gruesas botas estaban remendadas y parchadas, y con una mano se apoyaba en un tosco bastón, mientras que con la otra extendía su maltrecho sombrero para pedir limosna.

«¡Qué modelo tan asombroso!», susurró Hughie, mientras estrechaba la mano de su amigo.

«¿Un modelo asombroso?», gritó Trevor con toda su voz; «¡Yo diría que sí! No se encuentran todos los días mendigos como él. Un *trouvaille, mon cher*; ¡un Velázquez viviente! ¡Mis estrellas! ¡Qué grabado habría hecho Rembrandt de él!».

«¡Pobre viejo!», dijo Hughie, «¡qué miserable parece! Pero supongo que, para ustedes los pintores, su cara es su fortuna».

«Ciertamente», respondió Trevor, «no querrás que un mendigo parezca feliz, ¿verdad?».

«¿Cuánto cobra un modelo por posar?», preguntó Hughie, mientras encontraba un cómodo asiento en un diván.

«Un chelín la hora».

«¿Y cuánto te dan por tu cuadro, Alan?».

«¡Oh, por esto me dan dos mil!».

«¿Libras?».

«Guineas. Los pintores, los poetas y los médicos siempre reciben guineas».

«Bueno, creo que el modelo debería tener un porcentaje», gritó Hughie, riendo; «trabaja tan duro como tú».

«¡Tonterías, tonterías! Vaya, ¡fíjate en lo que cuesta ponerse a pintar solo y estar todo el día de pie ante el caballete! Está muy bien, Hughie, que hables, pero te aseguro que hay momentos en los que el arte casi alcanza la dignidad del trabajo manual. Pero no debes hablar por hablar; estoy muy ocupado. Fúmate un cigarrillo y guarda silencio».

Al cabo de un rato entró el criado y le dijo a Trevor que el enmarcador quería hablar con él.

«No te vayas, Hughie», dijo, mientras salía, «volveré en un momento».

El viejo mendigo aprovechó la ausencia de Trevor para descansar un momento en un banco de madera que había detrás de él. Tenía un aspecto tan desamparado y miserable que Hughie no pudo evitar compadecerse de él, y rebuscó en sus bolsillos para ver cuánto dinero tenía. Todo lo que pudo encontrar fue un soberano y algunas monedas de cobre. «Pobre viejo», pensó para sí, «lo necesita más que yo, pero significa que no habrá taxis durante quince días»; y cruzó el estudio y deslizó el soberano en la mano del mendigo.

El anciano se sobresaltó y una débil sonrisa se dibujó en sus labios marchitos. «Gracias, señor», dijo, «gracias». Entonces llegó Trevor y Hughie se despidió, ruborizándose un poco por lo que había hecho. Pasó el día con Laura, recibió una encantadora reprimenda por su extravagancia y tuvo que volver a casa a pie.

Aquella noche entró en el Palette Club hacia las once y encontró a Trevor sentado solo en la sala de fumadores bebiendo vino blanco del Rhin y seltzer.

«Bueno, Alan, ¿terminaste bien el cuadro?», dijo, mientras encendía su cigarrillo.

«¡Terminado y enmarcado, muchacho!», respondió Trevor; «y, por cierto, has hecho una conquista. Ese viejo modelo que viste te tiene mucha devoción. Tuve que contarle todo sobre ti: quién eres, dónde vives, cuáles son tus ingresos, qué perspectivas tienes...».

«Mi querido Alan», exclamó Hughie, «probablemente le encontraré esperándome cuando vuelva a casa. Pero, por supuesto, sólo estás bromeando. ¡Pobre viejo desgraciado! Ojalá pudiera hacer algo por él. Me parece espantoso que alguien sea tan desgraciado. Tengo montones de ropa vieja en casa; ¿crees que le interesaría alguna de ellas? Vaya, sus harapos se caían a pedazos».

«Pero le quedan espléndidos», dijo Trevor. «Yo no lo pintaría con una levita por nada del mundo. Lo que tú llamas harapos yo lo llamo romanticismo. Lo que a ti te parece pobreza a mí me parece pintoresco. Sin embargo, le hablaré de tu oferta».

«Alan», dijo Hughie seriamente, «ustedes los pintores son unos desalmados». «El corazón de un artista es su cabeza», replicó Trevor; «y además, nuestro negocio es mostrar el mundo tal y como lo vemos, no reformarlo tal y como lo conocemos. *À chacun son métier*. Y ahora cuéntame cómo está Laura. El viejo modelo estaba muy interesada en ella».

«¿No querrás decir que hablaste con él de ella?», dijo Hughie.

«Desde luego que sí. Lo sabe todo sobre el implacable coronel, la encantadora Laura y las 10.000 libras».

«¿Le has contado a ese viejo mendigo todos mis asuntos privados?», gritó Hughie, muy rojo y enfadado.

«Mi querido muchacho», dijo Trevor, sonriendo, «ese viejo mendigo, como tú lo llamas, es uno de los hombres más ricos de Europa. Podría comprar todo Londres mañana mismo sin sobregirar su cuenta. Tiene una casa en cada capital, cena en platos de oro y puede evitar que Rusia entre en guerra cuando él quiera».

«¿Qué demonios quieres decir?», exclamó Hughie.

«Lo que digo», dijo Trevor. «El anciano que viste hoy en el estudio era el Barón Hausberg. Es un gran amigo mío, compra todos mis cuadros y ese tipo de cosas, y me hizo un encargo hace un mes para que le pintara como un mendigo. *Que voulez-vous? La fantaisie d'un millionnaire!* Y debo decir que hizo una magnífica figura con sus harapos, o quizá debería decir con mis harapos; son un viejo traje que conseguí en España».

«¡Barón Hausberg!», gritó Hughie. «¡Santo cielo! ¡Le di un soberano!», y se hundió en un sillón, la imagen misma de la consternación.

«¡Le diste un soberano!», gritó Trevor, y estalló en una carcajada. «Mi querido muchacho, nunca lo volverás a ver. *Son affaire c'est l'argent des autres*».

«Creo que podrías habérmelo dicho, Alan», dijo Hughie enfurruñado, «y no haberme dejado hacer el ridículo».

«Bueno, para empezar, Hughie», dijo Trevor, «nunca se me pasó por la cabeza que fueras repartiendo limosna de esa manera tan imprudente. Puedo entender que beses a una modelo guapa, pero que le des un soberano a uno feo, ¡por Dios, no! Además, lo cierto es que hoy no estaba disponible para nadie en casa; y cuando entraste no sabía si a Hausberg le gustaría que mencionaran su nombre. Ya sabes que no estaba vestido de gala».

«¡Qué tonto debe pensar que soy!», dijo Hughie.

«En absoluto. Estaba de lo más animado después de que te fueras; no paraba de reírse para sí mismo y de frotarse sus viejas y arrugadas manos. Yo no podía entender por qué estaba tan interesado en saber todo sobre ti; pero ahora lo veo todo. Invertirá tu soberano por ti, Hughie, te pagará los intereses cada seis meses y tendrá una historia capital que contar después de cenar».

«Soy un diablo con mala suerte», gruñó Hughie. «Lo mejor que puedo hacer es irme a la cama; y, mi querido Alan, no debes decírselo a nadie. No me atrevería a mostrar mi cara en el Row».

«¡Tonterías! Refleja el mayor crédito en tu espíritu filantrópico, Hughie. Y no te escapes. Fúmate otro cigarrillo y podrás hablar de Laura todo lo que quieras».

Sin embargo, Hughie no se detuvo, sino que se fue caminando a casa, sintiéndose muy desgraciado, y dejando a Alan Trevor riéndose mucho.

A la mañana siguiente, mientras desayunaba, el criado le trajo una tarjeta en la que estaba escrito: «Monsieur Gustave Naudin, *de la part de M. le Baron Hausberg*». «Supongo que habrá venido a pedir disculpas», se dijo Hughie; y le dijo al criado que hiciera pasar al visitante.

Un anciano caballero con gafas doradas y pelo gris entró en la habitación y dijo, con un ligero acento francés: «¿Tengo el honor de dirigirme a Monsieur Erskine?».

Hughie hizo una reverencia.

«Vengo de parte del Barón Hausberg», continuó. «El Barón...».

«Le ruego, señor, que le ofrezca mis más sinceras disculpas», tartamudeó Hughie.

«El Barón», dijo el anciano caballero con una sonrisa, «me ha encargado que le entregue esta carta»; y le extendió un sobre cerrado.

En el exterior estaba escrito: «Un regalo de boda para Hugh Erskine y Laura Merton, de un viejo mendigo», y en el interior había un cheque por 10.000 libras.

Cuando se casaron, Alan Trevor fue el padrino y el Barón pronunció un discurso en el desayuno nupcial.

«Los modelos millonarios», comentó Alan, «son bastante raros; pero, ¡por Dios, los millonarios modelos son aún más raros!».

El retrato de Mr. W. H.

I

Había estado cenando con Erskine en su bonita casita de Birdcage Walk, y estábamos sentados en la biblioteca tomando nuestro café y nuestros cigarrillos, cuando por casualidad surgió en la conversación la cuestión de las falsificaciones literarias. No puedo recordar en este momento cómo fue que dimos con este tema un tanto curioso, como lo era en aquella época, pero sé que mantuvimos una larga discusión sobre Macpherson, Ireland y Chatterton, y que con respecto a este último insistí en que sus supuestas falsificaciones no eran más que el resultado de un deseo artístico de representación perfecta; que no teníamos derecho a discutir con un artista por las condiciones en las que elige presentar su obra; y que siendo todo arte hasta cierto punto un modo de actuar, un intento de realizar la propia personalidad en algún plano imaginativo fuera del alcance de los accidentes y limitaciones atosigantes de la vida real, censurar a un artista por una falsificación era confundir un problema ético con uno estético.

Erskine, que era bastante mayor que yo y me había estado escuchando con la divertida deferencia de un hombre de cuarenta años, me puso de repente la mano en el hombro y me dijo: «¿Qué dirías de un joven que tuviera una extraña teoría sobre cierta obra de arte, creyera en su teoría y cometiera una falsificación para demostrarla?».

«¡Ah! Eso es totalmente diferente», le contesté.

Erskine permaneció en silencio unos instantes, mirando los finos hilos grises de humo que salían de su cigarrillo. «Sí», dijo, tras una pausa, «bastante diferente».

Había algo en el tono de su voz, un ligero toque de amargura quizá, que excitó mi curiosidad.

«¿Conociste alguna vez a alguien que hiciera eso?», exclamé.

«Sí», respondió, arrojando su cigarrillo al fuego, «un gran amigo mío, Cyril Graham. Era muy fascinante, y muy tonto, y muy desalmado. Sin embargo, me dejó el único legado que he recibido en mi vida».

«¿Qué fue?», exclamé. Erskine se levantó de su asiento y, dirigiéndose a un alto armario con incrustaciones que había entre las dos ventanas, abrió el cerrojo y volvió hacia donde yo estaba sentado, sosteniendo en la mano un pequeño cuadro de panel colocado en un viejo marco isabelino algo deslustrado.

Era un retrato de cuerpo entero de un joven vestido a la moda de finales del siglo XVI, de pie junto a una mesa, con la mano derecha apoyada en un libro abierto. Parecía tener unos diecisiete años y era de una belleza personal extraordinaria, aunque evidentemente algo afeminado. De hecho, si no hubiera sido por el vestido y el pelo estrechamente recortado, se habría dicho que su rostro, con sus soñadores ojos melancólicos y sus delicados labios escarlata, era el rostro de una muchacha. En la manera, y especialmente en el tratamiento de las manos, el cuadro recordaba a la obra posterior de François Clouet. El jubón de terciopelo negro con sus puntas fantásticamente doradas, y el fondo azul pavo real sobre el que resaltaba tan agradablemente, y del que adquiría un valor de color tan luminoso, correspondían bastante al estilo de Clouet; y las dos máscaras de la Tragedia y la Comedia que colgaban con cierta formalidad del pedestal de mármol tenían esa dura severidad de tacto —tan diferente de la gracia fácil de los italianos— que incluso en la Corte de Francia el gran maestro flamenco nunca perdió del todo, y que en sí misma siempre ha sido una característica del temperamento nórdico.

«Es algo encantador», grité, «pero ¿quién es este maravilloso joven, cuya belleza el Arte ha preservado tan felizmente para nosotros?».

«Éste es el retrato de Mr. W. H.», dijo Erskine, con una sonrisa triste. Puede que fuera un efecto casual de la luz, pero me pareció que sus ojos estaban bastante brillantes por las lágrimas.

«¡Mr. W. H.!», exclamé; «¿quién era Mr. W. H.?».

«¿No lo recuerdas?», respondió; «mira el libro sobre el que descansa su mano».

«Veo que hay algo escrito ahí, pero no puedo distinguirlo», respondí.

«Coje esta lupa e inténtalo», dijo Erskine, con la misma sonrisa triste aún jugueteando en su boca.

Cogí la lupa y, acercando un poco más la lámpara, empecé a deletrear la letra rasposa del siglo XVI. «Al único engendrador de estos sonetos...». «¡Santo cielo!», exclamé, «¿es éste el Mr. W. H. de Shakespeare?».

«Cyril Graham solía decirlo», murmuró Erskine.

«Pero no se parece en nada a Lord Pembroke», respondí. «Conozco muy bien los retratos de Penshurst. Estuve alojado cerca de allí hace unas semanas».

«¿De verdad crees entonces que los *Sonetos* están dirigidos a Lord Pembroke?», preguntó.

«Estoy seguro de ello», respondí. «Pembroke, Shakespeare y Mrs. Mary Fitton son los tres personajes de los *Sonetos;* no cabe la menor duda».

«Bueno, estoy de acuerdo contigo», dijo Erskine, «pero no siempre pensé así. Solía creer... bueno, supongo que solía creer en Cyril Graham y su teoría».

«¿Y cuál era?», pregunté, mirando el maravilloso retrato, que ya había empezado a ejercer una extraña fascinación por mí.

«Es una larga historia», dijo Erskine, apartando el cuadro de mí —más bien bruscamente, pensé en ese momento—, «una historia muy larga; pero si te interesa oírla, te la contaré».

«Me encantan las teorías sobre los *Sonetos*», exclamé; «pero no creo que me convierta a ninguna idea nueva. El asunto ha dejado de ser un misterio para nadie. De hecho, me pregunto si alguna vez fue un misterio».

«Como no creo en la teoría, no es probable que te convierta a ella», dijo Erskine, riendo; «pero puede que te interese».

«Cuéntamela, por supuesto», respondí. «Si es la mitad de encantadora que el cuadro, estaré más que satisfecho».

«Bien», dijo Erskine, encendiendo un cigarrillo, «debo empezar hablándote del propio Cyril Graham. Él y yo vivíamos en el mismo edificio en Eton. Yo era un año o dos mayor que él, pero éramos muy buenos amigos, y hacíamos todo nuestro trabajo y teníamos toda nuestra diversión juntos. Había, por supuesto, mucha más diversión que trabajo, pero no puedo decir que lo lamente. Siempre es una ventaja no haber recibido una sólida educación comercial, y lo que aprendí en los campos de juego de Eton me ha sido tan útil como todo lo que me enseñaron en Cambridge. Debo decirte que el padre y la madre de Cyril habían muerto. Se habían ahogado en un horrible accidente de yate frente a la Isla de Wight. Su padre había estado en el servicio diplomático y se había casado con una hija, la única hija, de hecho, del viejo Lord Crediton, que se convirtió en el tutor de Cyril tras la muerte de sus padres. No creo que Lord Crediton se preocupara mucho por Cyril. Nunca había perdonado realmente a su hija por casarse con un hombre que no tenía título. Era un viejo aristócrata extraordinario, que juraba como un vendedor callejero y tenía los modales de un granjero. Recuerdo haberle visto una vez el día del discurso. Me gruñó, me dio un soberano y me dijo que no me convirtiera en "un maldito Radical" como mi padre. Cyril le tenía muy poco afecto, y estaba encantado de pasar la mayor parte de sus vacaciones con nosotros en Escocia. En realidad nunca se llevaron bien del todo. Cyril le consideraba un oso, y él pensaba que Cyril era afeminado. Era afeminado, supongo, en algunas cosas, aunque era muy buen jinete y un esgrimista capital. De hecho, consiguió hacer los floreos antes de salir de Eton. Pero era muy lánguido en sus modales, y no poco vanidoso de su buena apariencia, y tenía una fuerte objeción al fútbol. Las dos cosas que realmente le proporcionaban placer eran la poesía y la actuación. En Eton siempre estaba disfrazándose y recitando a Shakespeare, y cuando fuimos a Trinity se convirtió en miembro del Círculo de Actores en su primer trimestre. Recuerdo que siempre estuve muy celoso de su actuación. Yo le tenía una devoción absurda; supongo que porque éramos muy diferentes en algunas cosas. Yo era un muchacho bastante torpe y débil, con pies enormes y horriblemente pecoso. Las pecas se dan en las familias escocesas igual que la gota en las inglesas. Cyril solía decir que de las dos prefería la gota; pero siempre dio un valor absurdamente alto a la apariencia personal, y una vez leyó una ponencia ante nuestra sociedad de debate para demostrar que era mejor ser guapo que ser bueno. Ciertamente era maravillosamente guapo. La gente a la que no le gustaba, filisteos y tutores universitarios, y jóvenes que estudiaban para trabajar en la Iglesia, solían decir que era simplemente bonito; pero en su rostro había mucho más que mera belleza. Creo que era la criatura más espléndida que he visto nunca, y nada podía superar la gracia de sus movimientos, el encanto de sus maneras. Fascinaba a todo el mundo digno de fascinación, y a mucha gente que no lo era. A menudo era voluntarioso y petulante, y yo solía pensar que era terriblemente insincero. Se debía, creo, principalmente a su desmesurado deseo de agradar. ¡Pobre Cyril! Una vez le dije que se contentaba con triunfos muy baratos, pero sólo se rió. Era horriblemente malcriado. Todas las personas encantadoras, me imagino, son malcriadas. Es el secreto de su atractivo.

«Sin embargo, debo hablarte de la actuación de Cyril. Ya sabes que no se permite actuar a las actrices en el Círculo de Actores. Al menos no se permitía en mi época. No sé cómo será ahora. Bueno, por supuesto, Cyril siempre fue elegido para los papeles de las muchachas, y cuando se produjo *Como gustéis* interpretó a Rosalinda. Fue una actuación maravillosa. De hecho, Cyril Graham fue la única Rosalinda perfecta que he visto nunca. Sería imposible describirte la belleza, la delicadeza, el refinamiento del conjunto. Causó una inmensa sensación y el pequeño y horrible teatro, como era entonces, se llenaba todas las noches. Incluso cuando ahora leo la obra no puedo evitar pensar en Cyril. Parecía haber sido escrita para él. Al curso siguiente se licenció y vino a Londres a estudiar para ser diplomático. Pero nunca trabajó. Pasaba los días leyendo los *Sonetos* de Shakespeare, y las tardes en el teatro. Estaba, por supuesto, loco por subir al escenario. Lord Crediton y yo hicimos todo para impedírselo. Quizá si hubiera subido al escenario ahora estaría vivo. Siempre es una tontería dar consejos, pero dar buenos consejos es absolutamente fatal. Espero que nunca caigas en ese error. Si lo haces, lo lamentarás.

«Bueno, para llegar al verdadero punto de la historia, un día recibí una carta de Cyril pidiéndome que fuera a sus aposentos esa misma tarde. Tenía unos aposentos encantadores en Piccadilly, con vistas a Green Park, y como yo solía ir a verle todos los días, me sorprendió bastante que se tomara la molestia de escribirme. Por supuesto fui, y cuando llegué le encontré en un estado de gran excitación. Me dijo que por fin había descubierto el verdadero secreto de los *Sonetos* de Shakespeare; que todos los eruditos y críticos se habían equivocado por completo; y que él era el primero que, trabajando puramente con pruebas internas, había averiguado quién era realmente Mr. W. H. Estaba completamente enloquecido de alegría, y durante mucho tiempo no quiso contarme su teoría. Finalmente, sacó un fajo de notas, cogió su ejemplar de los *Sonetos* de la repisa de la chimenea, se sentó y me dio una larga conferencia sobre el tema.

«Empezó señalando que el joven al que Shakespeare dirigió estos poemas extrañamente apasionados debía de ser alguien que fuera un factor realmente vital en el desarrollo de su arte dramático, y que esto no podía decirse ni de Lord Pembroke ni de Lord Southampton. De hecho, quienquiera que fuera, no podía haber sido nadie de alta cuna, como lo demuestra muy claramente el soneto XXV, en el que Shakespeare, contrastándose a sí mismo con aquellos que son "los favoritos de los grandes príncipes", dice con toda franqueza:

«Que se jacten los que gozan del favor de sus estrellas
de honores públicos y orgullosos títulos,
mientras que yo, a quien la fortuna de tal triunfo veda,
despreocupado por la alegría en lo que más honro...

y termina el soneto felicitándose por el estado mezquino de aquel a quien tanto adoraba.

«Entonces feliz yo, que amo y soy amado
donde no puedo quitar ni ser quitado.

«Este soneto, según Cyril, sería bastante ininteligible si pensáramos que iba dirigido al Conde de Pembroke o al Conde de Southampton, ambos hombres de la más alta posición en Inglaterra y con pleno derecho a ser llamados "grandes príncipes"; y para corroborar su opinión me leyó los sonetos CXXIV y CXXV, en los que Shakespeare nos dice que su amor no es "hijo del estado", que "no sufre en sonriente pompa", sino que está "construido lejos del accidente". Escuché con bastante interés, pues creo que nunca antes se había planteado la cuestión; pero lo que siguió fue aún más curioso, y en aquel momento me pareció que descartaba por completo la afirmación de Pembroke. Sabemos por Meres que los *Sonetos* habían sido escritos antes de 1598, y el Soneto CIV nos informa de que la amistad de Shakespeare con Mr. W. H. existía ya desde hacía tres años. Ahora bien, Lord Pembroke, que nació en 1580, no llegó a Londres hasta los dieciocho años, es decir, hasta 1598, y la amistad de Shakespeare con Mr. W. H. debió de comenzar en 1594, o a más tardar en 1595. Shakespeare, en consecuencia, no pudo haber conocido a Lord Pembroke hasta después de haber escrito los *Sonetos*.

Cyril señaló también que el padre de Pembroke no murió hasta 1601, mientras que era evidente por la línea,

Tú tuviste un padre; que lo diga su hijo,

que el padre de Mr. W. H. había muerto en 1598. Además, era absurdo imaginar que cualquier editor de la época, y el prefacio es de mano del editor, se hubiera aventurado a dirigirse a William Herbert, Conde de Pembroke, como Mr. W. H.; el caso de que se hablara de Lord Buckhurst como Mr. Sackville no es realmente un caso paralelo, ya que Lord Buckhurst no era un par, sino simplemente el hijo menor de un par, con un título de cortesía, y el pasaje del *Parnaso de Inglaterra*, donde se habla así de él, no es una dedicatoria formal y señorial, sino simplemente una alusión casual. Hasta aquí llega Lord Pembroke, cuyas supuestas pretensiones Cyril derribó fácilmente mientras yo permanecía sentado y asombrado. Con Lord Southampton Cyril tuvo aún menos dificultades. Southampton se convirtió a una edad muy temprana en el amante de Elizabeth Vernon, por lo que no necesitó súplicas para casarse; no era bello; no se parecía a su madre, como Mr. W. H.:

Tú eres el espejo de tu madre, y ella en ti
llama de nuevo a la hermosa Abril de sus mejores tiempos;

y, sobre todo, su nombre de pila era Henry, mientras que los sonetos con juego de palabras (CXXXV y CXLIII) demuestran que el nombre de pila del amigo de Shakespeare era el mismo que el suyo propio: Will.

«En cuanto a las otras sugerencias de comentaristas desafortunados, que Mr. W. H. es un error de imprenta en vez de Mr. W. S., que significa Mr. William Shakespeare; que "Mr. W. H. all [toda]" debería leerse "Mr. W. Hall"; que Mr. W. H. es Mr. William Hathaway; y que debería ponerse un punto después de "wisheth [desea]", haciendo que Mr. W. H. sea el escritor y no el sujeto de la dedicatoria... Cyril se deshizo de ellas en muy poco tiempo; y no merece la pena mencionar sus razones, aunque recuerdo que me dio un ataque de risa al leerme, me alegra decir que no en el original, algunos extractos de un comentarista alemán llamado Barnstorff, que insistía en que Mr. W. H. no era otro que "Mr. William Himself [El mismo Mr. William]". Tampoco permitió ni por un momento que los *Sonetos* fueran meras sátiras de la obra de Drayton y John Davies de Hereford. Para él, como para mí, eran poemas de importancia seria y trágica, arrancados de la amargura del corazón de Shakespeare y dulcificados por la miel de sus labios. Menos aún admitiría que eran una mera alegoría filosófica, y que en ellos Shakespeare se dirige a su Yo Ideal, o a la Hombría Ideal, o al Espíritu de la Belleza, o a la Razón, o al Logos Divino, o a la Iglesia Católica. Sentía, como de hecho creo que todos debemos sentir, que los *Sonetos* están dirigidos a un individuo, a un joven en particular cuya personalidad, por alguna razón, parece haber llenado el alma de Shakespeare de una terrible alegría y de una no menos terrible desesperación.

«Habiendo despejado así, por así decirlo, el camino, Cyril me pidió que desechara de mi mente cualquier idea preconcebida que pudiera haberme formado sobre el tema, y que diera una audiencia justa y sin prejuicios a su propia teoría. El problema que me señaló era el siguiente: ¿Quién era ese joven de la época de Shakespeare que, sin ser de noble cuna ni siquiera de noble naturaleza, fue abordado por él en términos de una adoración tan apasionada que no podemos sino maravillarnos ante la extraña adoración, y casi tememos girar la llave que abre el misterio del corazón del poeta? ¿Quién era aquel cuya belleza física era tal que se convirtió en la piedra angular del arte de Shakespeare; la fuente misma de la inspiración de Shakespeare; la encarnación misma de los sueños de Shakespeare? Considerarlo simplemente como el objeto de ciertos poemas de amor es perderse todo el significado de los poemas: porque el arte del que Shakespeare habla en los *Sonetos* no es el arte de los *Sonetos* en sí, que de hecho no eran para él más que cosas ligeras y secretas; es el arte del dramaturgo al que siempre está aludiendo; y aquel a quien Shakespeare dijo:

«Tú eres todo mi arte, y avanzas
tan alto como el aprendizaje de mi ruda ignorancia,
aquel a quien prometió la inmortalidad,
donde más respira el aliento, incluso en boca de los hombres...

no era seguramente otro que el niño-actor para el que creó a Viola e Imogen, Julieta y Rosalinda, Porcia y Desdémona, y a la propia Cleopatra. Esta era la teoría de Cyril Graham, desarrollada, como ves, puramente a partir de los propios *Sonetos*, y que dependía para su aceptación no tanto de pruebas demostrables o evidencias formales, sino de una especie de sentido espiritual y artístico, por el que sólo, según él, podía discernirse el verdadero significado de los poemas. Recuerdo que me leyó ese bello soneto:

«¿Cómo puede mi musa querer tema para inventar,
mientras tú respiras, que viertes en mi verso
tu propio dulce argumento, demasiado excelente
para que cualquier papel vulgar lo ensaye?
Oh, date las gracias, si algo en mí
digno de ser leído se opone a tu vista;
porque ¿quién es tan mudo que no pueda escribirte,
cuando tú mismo das luz a la invención?
Sé tú la décima Musa, diez veces más valiosa
que esas viejas nueve que invocan los rimadores;
y aquel que te invoque, que engendre
versos eternos que sobrevivan largo tiempo.

y señalando lo completamente que corroboraba su teoría; y de hecho repasó todos los *Sonetos* cuidadosamente, y demostró, o creyó demostrar, que, según su nueva explicación de su significado, cosas que habían parecido oscuras, o malvadas, o exageradas, se volvían claras y racionales, y de gran importancia artística, ilustrando la concepción de Shakespeare de las verdaderas relaciones entre el arte del actor y el arte del dramaturgo.

«Es evidente, por supuesto, que debía de haber en la compañía de Shakespeare algún maravilloso niño-actor de gran belleza, a quien confiara la presentación de sus nobles heroínas; porque Shakespeare era un director teatral práctico además de un poeta imaginativo, y Cyril Graham había descubierto realmente el nombre del niño-actor. Era Will o, como él prefería llamarle, Willie Hughes. El nombre de pila lo encontró, por supuesto, en los sonetos con juego de palabras, CXXXV y CXLIII; el apellido estaba, según él, oculto en la séptima línea del soneto XX, donde se describe a Mr. W. H. como:

«Un hombre en hew [matices], todos los Hews [matices] bajo su control.

«En la edición original de los *Sonetos* "Hews" está impreso con mayúscula y en cursiva, y esto, según él, demostraba claramente que se pretendía hacer un juego de palabras, recibiendo su opinión suficiente corroboración de aquellos sonetos en los que se hacen curiosos juegos de palabras con las palabras "uso" y "usura". Por supuesto, me convertí enseguida y Willie Hughes se convirtió para mí en una persona tan real como Shakespeare. La única objeción que hice a la teoría fue que el nombre de Willie Hughes no aparece en la lista de los actores de la compañía de Shakespeare tal como está impresa en el primer folio. Cyril, sin embargo, señaló que la ausencia del nombre de Willie Hughes en esta lista corroboraba realmente la teoría, ya que del soneto LXXXVI. se desprendía que Willie Hughes había abandonado la compañía de Shakespeare para actuar en un teatro rival, probablemente en alguna de las obras de Chapman. Es en referencia a esto que en el gran soneto sobre Chapman, Shakespeare le dijo a Willie Hughes:

«Pero cuando tu semblante llenó su línea,
entonces me faltó materia; eso debilitó la mía...

la expresión "cuando tu semblante llenó su línea" refiriéndose obviamente a la belleza del joven actor que daba vida y realidad y añadía encanto al verso de Chapman, la misma idea se expone también en el Soneto LXXIX:

«Mientras sólo yo invocaba tu ayuda,
sólo mi verso tenía toda tu gentil gracia;
pero ahora mis graciosos ritmos decaen,
y mi Musa enferma da lugar a otro;

y en el soneto inmediatamente anterior, donde Shakespeare dice:

«Toda pluma ajena tiene mi uso
y bajo tu protección su poesía dispersa,

el juego de palabras (use [uso] = Hughes) es, por supuesto, obvio, y la frase "bajo tu protección su poesía dispersa", significa "con tu ayuda como actor llevan sus obras ante el pueblo".

Fue una velada maravillosa, y estuvimos sentados casi hasta el amanecer leyendo y releyendo los *Sonetos*. Después de algún tiempo, sin embargo, empecé a ver que antes de que la teoría pudiera ser puesta ante el mundo en una forma realmente perfeccionada, era necesario obtener alguna prueba independiente sobre la existencia de este joven actor, Willie Hughes. Si esto podía establecerse firmemente, no habría duda posible sobre su identidad con Mr. W. H.; pero de lo contrario la teoría se vendría abajo. Expuse esto con mucha firmeza a Cyril, que se molestó bastante por lo que llamó mi tono filisteo de pensar, y de hecho se mostró bastante amargado con el tema. Sin embargo, le hice prometer que, por su propio interés, no publicaría su descubrimiento hasta que hubiera puesto todo el asunto fuera del alcance de la duda; y durante semanas y semanas buscamos en los registros de las iglesias de la ciudad, en los Manuscritos Alleyn de Dulwich, la Oficina de Archivos, en los papeles de Lord Chamberlain... en fin, en todo lo que pensábamos que podía contener alguna alusión a Willie Hughes. No descubrimos nada, por supuesto, y cada día me parecía más problemática la existencia de Willie Hughes. Cyril se encontraba en un estado espantoso, y solía darle vueltas a toda la cuestión día tras día, rogándome que creyera; pero yo veía el único defecto de la teoría, y me negaba a convencerme hasta que la existencia real de Willie Hughes, un niño-actor de la época isabelina, hubiera quedado fuera del alcance de toda duda o cavilación.

«Un día Cyril abandonó la ciudad para quedarse con su abuelo, según pensé entonces, pero más tarde supe por Lord Crediton que no era así; y unos quince días después recibí un telegrama suyo, entregado en Warwick, en el que me pedía que viniera sin falta a cenar con él esa noche a las ocho. Cuando llegué, me dijo: "El único apóstol que no mereció una prueba fue Santo Tomás, y Santo Tomás fue el único apóstol que la obtuvo". Le pregunté qué quería decir. Me contestó que no sólo había sido capaz de establecer la existencia en el siglo XVI de un niño-actor de nombre Willie Hughes, sino de demostrar con las pruebas más concluyentes que era el Mr. W. H. de los *Sonetos*. No quiso decirme nada más en ese momento; pero después de cenar sacó solemnemente el cuadro que le mostré y me dijo que lo había descubierto por pura casualidad clavado en el lateral de un viejo cofre que había comprado en una granja de Warwickshire. El arcón en sí, que era un ejemplo muy fino del trabajo isabelino, lo había traído consigo, por supuesto, y en el centro del panel frontal estaban talladas sin duda las iniciales W. H. Fue este monograma lo que había llamado su atención, y me dijo que hasta que no tuvo el cofre en su poder durante varios días no se le ocurrió hacer ningún examen cuidadoso del interior. Una mañana, sin embargo, vio que uno de los lados del cofre era mucho más grueso que el otro, y mirando más de cerca, descubrió que un cuadro enmarcado en forma de panel estaba sujeto contra él. Al sacarlo, descubrió que era el cuadro que ahora yace en el sofá. Estaba muy sucio y cubierto de moho; pero consiguió limpiarlo y, para su gran alegría, vio que había caído por mera casualidad en lo que había estado buscando. Allí había un retrato auténtico de Mr. W. H., con la mano apoyada en la página con la dedicatoria de los *Sonetos*, y en el propio marco podía verse débilmente el nombre del joven escrito en letras unciales negras sobre un fondo dorado descolorido: "Master Will. Hews".

«Bueno, ¿qué iba a decir? No se me ocurrió en ningún momento que Cyril Graham me estuviera gastando una broma, o que intentara demostrar su teoría mediante una falsificación».

«¿Pero es una falsificación?», pregunté.

«Por supuesto que lo es», dijo Erskine. «Es una falsificación muy buena; pero es una falsificación al fin y al cabo. En aquel momento pensé que Cyril estaba bastante tranquilo con todo el asunto; pero recuerdo que más de una vez me dijo que él mismo no necesitaba ninguna prueba de ese tipo y que consideraba que la teoría estaba completa sin ella. Me reí de él y le dije que sin ella la teoría se caería al suelo, y le felicité calurosamente por el maravilloso descubrimiento. Entonces dispusimos que el cuadro fuera grabado al aguafuerte o facsímil, y colocado como frontispicio de la edición de Cyril de los *Sonetos;* y durante tres meses no hicimos otra cosa que repasar cada poema verso a verso, hasta que hubimos resuelto todas las dificultades de texto o significado. Un desafortunado día me encontraba en una imprenta de Holborn, cuando vi sobre el mostrador unos dibujos extremadamente bellos en punta de plata. Me atrajeron tanto que los compré; y el propietario del local, un hombre llamado Rawlings, me dijo que los había hecho un joven pintor llamado Edward Merton, que era muy inteligente, pero tan pobre como un ratón de iglesia. Fui a ver a Merton unos días después, tras haber conseguido su dirección del impresor, y me encontré con un joven pálido e interesante, con una esposa de aspecto más bien vulgar: su modelo, según supe posteriormente. Le dije lo mucho que admiraba sus dibujos, ante lo cual pareció muy complacido, y le pregunté si me enseñaría algunos de sus otros trabajos. Mientras examinábamos una carpeta, llena de cosas realmente encantadoras —pues Merton tenía un tacto de lo más delicado y delicioso—, de repente me fijé en un dibujo del cuadro de Mr. W. H. No cabía la menor duda. Era casi un facsímil... con la única diferencia de que las dos máscaras de la Tragedia y la Comedia no estaban suspendidas de la mesa de mármol como en el cuadro, sino que yacían en el suelo a los pies del joven. "¿De dónde demonios ha sacado eso?", le dije. Se quedó algo confuso y dijo: "Oh, eso no es nada. No sabía que estaba en esta carpeta. No tiene ningún valor". "Es lo que hiciste para Mr. Cyril Graham", exclamó su esposa; "y si este caballero desea comprarlo, que se lo quede". "¿Para Mr. Cyril Graham?", repetí. "¿Pintó usted el cuadro de Mr. W. H.?". "No entiendo lo que quiere decir", respondió él, poniéndose muy rojo. Bueno, todo el asunto fue bastante espantoso. La esposa lo soltó todo. Le di cinco libras cuando me iba. No soporto pensarlo ahora; pero, por supuesto, estaba furioso. Me fui enseguida al despacho de Cyril, esperé allí tres horas antes de que entrara, con aquella horrible mentira mirándome a la cara, y le dije que había descubierto su falsificación. Se puso muy pálido y dijo: "Lo hice puramente por tu bien. No te convencería de otro modo. No afecta a la verdad de la teoría". "¡La verdad de la teoría!", exclamé; "cuanto menos hablemos de eso, mejor. Ni siquiera tú mismo has creído nunca en ella. Si lo hubieras hecho, no habrías cometido una falsificación para demostrarlo". Nos dijimos palabras fuertes entre nosotros; tuvimos una disputa espantosa. Me atrevo a decir que fui injusto. A la mañana siguiente él estaba muerto».

«¡Muerto!», grité.

«Sí; se disparó con un revólver. Parte de la sangre salpicó el marco del cuadro, justo donde había pintado el nombre. Cuando llegué —su criado me había mandado llamar enseguida— la policía ya estaba allí. Había dejado una carta para mí, evidentemente escrita en la mayor agitación y angustia de su mente».

«¿Qué decía?», pregunté.

«Oh, que creía absolutamente en Willie Hughes; que la falsificación del cuadro se había hecho simplemente como una concesión a mí, y no invalidaba en lo más mínimo la verdad de la teoría; y, que para demostrarme lo firme e intachable que era su fe en todo aquello, iba a ofrecer su vida como sacrificio por el secreto de los *Sonetos*. Era una carta insensata y loca. Recuerdo que terminaba diciendo que me confiaba la teoría de Willie Hughes, y que me correspondía a mí presentarla al mundo y desvelar el secreto del corazón de Shakespeare».

«Es una historia de lo más trágica», grité; «pero ¿por qué no has cumplido sus deseos?».

Erskine se encogió de hombros. «Porque es una teoría perfectamente poco sólida de principio a fin», respondió.

«Mi querido Erskine», le dije levantándome de mi asiento, «tu estás totalmente equivocado en todo este asunto. Es la única clave perfecta de los *Sonetos* de Shakespeare que se ha hecho nunca. Completa en cada detalle. Creo en Willie Hughes».

«No digas eso», dijo Erskine gravemente; «creo que hay algo fatal en la idea, e intelectualmente no hay nada que decir en su favor. He estudiado todo el asunto y te aseguro que la teoría es totalmente falaz. Es plausible hasta cierto punto. Después se detiene. Por el amor de Dios, querido muchacho, no retomes el tema de Willie Hughes. Te romperás el corazón con ello».

«Erskine», le contesté, «es tu deber dar a conocer esta teoría al mundo. Si tú no lo haces, lo haré yo. Al retenerla, agravias la memoria de Cyril Graham, el más joven y el más espléndido de todos los mártires de la literatura. Te ruego que le hagas justicia. Él murió por esto, no permitas que su muerte sea en vano».

Erskine me miró asombrado. «Te dejas llevar por el sentimiento de toda la historia», dijo. «Olvidas que una cosa no es necesariamente cierta porque un hombre muera por ella. Yo sentía devoción por Cyril Graham. Su muerte fue un golpe horrible para mí. No me recuperé durante años. Creo que nunca me he recuperado. ¿Pero Willie Hughes? No hay nada en la idea de Willie Hughes. Nunca existió tal persona. En cuanto a llevar el asunto ante el mundo, el mundo piensa que Cyril Graham se pegó un tiro por accidente. La única prueba de su suicidio estaba contenida en la carta que me envió, y de esta carta el público nunca oyó nada. Hasta el día de hoy Lord Crediton piensa que todo fue accidental».

«Cyril Graham sacrificó su vida por una gran Idea», respondí; «y si no quieres hablar de su martirio, habla al menos de su fe».

«Su fe», dijo Erskine, «estaba fijada en una cosa que era falsa, en una cosa que era poco sólida, en una cosa que ningún erudito de Shakespeare aceptaría ni por un momento. Se reirían de la teoría. No hagas el ridículo y no sigas una pista que no lleva a ninguna parte. Empiezas por suponer la existencia de la misma persona cuya existencia es lo que hay que demostrar. Además, todo el mundo sabe que los *Sonetos* iban dirigidos a Lord Pembroke. El asunto queda resuelto de una vez por todas».

«¡El asunto no está resuelto!», exclamé. «Retomaré la teoría donde la dejó Cyril Graham y demostraré al mundo que tenía razón».

«¡Muchacho tonto!», dijo Erskine. «Vete a casa: son más de las dos, y no pienses más en Willie Hughes. Lamento haberte dicho nada al respecto, y lamento mucho haberte convertido a una cosa en la que no creo».

«Tú me has dado la clave del mayor misterio de la literatura moderna», respondí; «y no descansaré hasta haberla hecho reconocer, hasta haber hecho reconocer a todo el mundo, que Cyril Graham fue el crítico shakesperiano más sutil de nuestros días».

Mientras caminaba hacia casa a través de St. James's Park, el amanecer acababa de despuntar sobre Londres. Los cisnes blancos yacían dormidos en el pulido lago, y el macilento palacio parecía púrpura contra el cielo verde pálido. Pensé en Cyril Graham y se me llenaron los ojos de lágrimas.

II

Eran más de las doce cuando me desperté, y el sol entraba por las cortinas de mi habitación en largos rayos oblicuos de oro polvoriento. Le dije a mi criado que no estaría disponible para nadie; y después de tomarme una taza de chocolate y un *petit-pain*, bajé de la biblioteca mi ejemplar de los *Sonetos* de Shakespeare, y empecé a repasarlos detenidamente. Cada poema me parecía corroborar la teoría de Cyril Graham. Sentí como si tuviera la mano sobre el corazón de Shakespeare y estuviera contando cada latido y pulso de pasión. Pensé en el maravilloso niño-actor, y vi su rostro en cada línea.

Dos sonetos, recuerdo, me impresionaron especialmente: eran el LIII y el LXVII. En el primero de ellos, Shakespeare, elogiando a Willie Hughes por la versatilidad de su actuación, por su amplia gama de papeles, una gama que se extiende de Rosalinda a Julieta, y de Beatriz a Ofelia, le dice:

¿Cuál es tu sustancia, de qué estás hecho,
que millones de extrañas sombras sobre ti se tienden?
Puesto que cada uno tiene, cada uno, una sombra,
y tú, siendo uno, puedes contener cada sombra...

líneas que serían ininteligibles si no estuvieran dirigidas a un actor, pues la palabra «sombra» tenía en la época de Shakespeare un significado técnico relacionado con el escenario. «Los mejores en este género no son más que sombras», dice Teseo de los actores en el *Sueño de una noche de verano*, y hay muchas alusiones similares en la literatura de la época. Estos sonetos pertenecían evidentemente a la serie en la que Shakespeare habla de la naturaleza del arte del actor, y del extraño y raro temperamento que es esencial para el perfecto actor de teatro. «¿Cómo es posible», le dice Shakespeare a Willie Hughes, «que tengas tantas personalidades?», y a continuación señala que su belleza es tal que parece realizar cada forma y fase de la fantasía, encarnar cada sueño de la imaginación creadora, una idea que se amplía aún más en el soneto que sigue inmediatamente, donde, comenzando con el fino pensamiento

¡Oh, cuánto más bella parece la belleza
por ese dulce ornamento que da la verdad!

Shakespeare nos invita a darnos cuenta de cómo la verdad de la actuación, la verdad de la presentación visible en el escenario, se suma a la maravilla de la poesía, dando vida a su hermosura y realidad actual a su forma ideal. Y, sin embargo, en el Soneto LXVII, Shakespeare pide a Willie Hughes que abandone el escenario con su artificialidad, su falsa vida mímica de rostro pintado y traje irreal, sus influencias y sugerencias inmorales, su lejanía del verdadero mundo de la acción noble y la expresión sincera.

Ah, ¿por qué debería él vivir con la infección
y con su presencia agraciar la impiedad,
para que el pecado por medio de él logre ventaja
y se enlace con su sociedad?
¿Por qué la falsa pintura ha de imitar su mejilla,
y robar la muerta la apariencia de su vivo matiz?
¿Por qué debería la pobre belleza buscar indirectamente
rosas de sombra, ya que su rosa es verdadera?

Puede parecer extraño que un dramaturgo tan grande como Shakespeare, que realizó su propia perfección como artista y su humanidad como hombre en el plano ideal de la escritura y la interpretación escénicas, haya escrito en estos términos sobre el teatro; pero debemos recordar que en los Sonetos CX y CXI Shakespeare nos muestra que él también estaba hastiado del mundo de las marionetas y lleno de vergüenza por haberse convertido en «un payaso para la vista». El Soneto CXI es especialmente amargo:

Oh, por mí reprende a la Fortuna,
la diosa culpable de mis actos dañinos,
que no proporcionó mejor para mi vida
que los medios públicos que los modales públicos crían.
De ahí que mi nombre reciba una marca,
y casi de ahí que mi naturaleza esté sometida
a lo que trabaja, como la mano del tintorero:
compadézcanme entonces y deseen que me renueve...

y hay muchos signos en otros lugares del mismo sentimiento, signos familiares a todos los verdaderos estudiantes de Shakespeare.

Un punto me desconcertó inmensamente mientras leía los *Sonetos,* y pasaron días antes de que diera con la verdadera interpretación, que de hecho el propio Cyril Graham parece haber pasado por alto. No podía entender cómo era que Shakespeare daba tanto valor a que su joven amigo se casara. Él mismo se había casado joven y el resultado había sido la infelicidad, y no era probable que hubiera pedido a Willie Hughes que cometiera el mismo error. El niño-intérprete de Rosalinda no tenía nada que ganar con el matrimonio, ni con las pasiones de la vida real. Los primeros sonetos, con sus extrañas súplicas de tener hijos, me parecieron una nota discordante. La explicación del misterio me llegó de repente, y la encontré en la curiosa dedicatoria. Se recordará que la dedicatoria dice así:

AL ÚNICO ENGENDRADOR DE
ESTOS SONETOS QUE SIGUEN,
MR. W. H., TODA LA FELICIDAD
Y LA ETERNIDAD
PROMETIDA POR NUESTRO POETA INMORTAL
DESEA
EL QUE DESEÁNDOLE EL BIEN
SE AVENTURA
A LANZAR
ESTA PUBLICACIÓN.
T. T.

Algunos eruditos han supuesto que la palabra «engendrador» en esta dedicatoria significa simplemente el procurador de los *Sonetos* para Thomas Thorpe, el editor; pero esta opinión se abandona ahora generalmente, y las más altas autoridades están bastante de acuerdo en que debe tomarse en el sentido de inspirador, extrayéndose la metáfora de la analogía de la vida física. Ahora vi que la misma metáfora era utilizada por el propio Shakespeare a lo largo de todos los poemas, y esto me puso sobre la pista correcta. Finalmente hice mi gran descubrimiento. El matrimonio que Shakespeare propone para Willie Hughes es el matrimonio con su Musa, una expresión que se plantea definitivamente en el Soneto LXXXII, donde, en la amargura de su corazón por la deserción del niño-actor para el que había escrito sus mejores papeles, y cuya belleza, en efecto, se los había sugerido, abre su queja diciendo:

Concedo que no estuvieras casado con mi Musa.

Los hijos que le ruega que engendre no son hijos de carne y hueso, sino más bien hijos inmortales de fama imperecedera. Todo el ciclo de los primeros sonetos es simplemente la invitación de Shakespeare a Willie Hughes para que suba al escenario y se convierta en actor. Qué cosa tan estéril y sin provecho, dice, es esta belleza tuya si no se utiliza:

Cuando cuarenta inviernos asedien tu frente
y caven profundas zanjas en el campo de tu belleza,
la orgullosa librea de tu juventud, tan contemplada ahora,
será una hierba raída, de escaso valor:
entonces, si te preguntas dónde está toda tu belleza,
dónde está todo el tesoro de tus días lujuriosos,
respondieras, dentro de tus propios ojos profundamente hundidos,

fue una vergüenza devoradora y una alabanza frívola.

Debes crear algo en el arte: mi verso «es tuyo y ha nacido de ti»; sólo escúchame, y yo «engendraré versos eternos que sobrevivirán largo tiempo», y poblarás con formas de tu propia imagen el mundo imaginario del escenario. Estos niños que engendres, prosigue, no se marchitarán, como los niños mortales, sino que vivirás en ellos y en mis obras: lo único que tienes que hacer...

Hazte otro yo, por amor a mí,
para que la belleza aún viva en los tuyos o en ti.

Recogí todos los pasajes que me parecían corroborar esta opinión, y me produjeron una fuerte impresión, y me mostraron lo completa que era realmente la teoría de Cyril Graham. También vi que era bastante fácil separar las líneas en las que habla de los *Sonetos* propiamente dichos de aquellas en las que habla de su gran obra dramática. Éste era un punto que todos los críticos habían pasado totalmente por alto hasta la época de Cyril Graham. Y, sin embargo, era uno de los puntos más importantes de toda la serie de poemas. Shakespeare era más o menos indiferente a los *Sonetos.* No deseaba que su fama descansara en ellos. Eran para él su «Musa leve», como él los llama, y estaban destinados, como nos dice Meres, a la circulación privada sólo entre unos pocos, muy pocos, amigos. Por otro lado, era extremadamente consciente del alto valor artístico de sus obras teatrales, y muestra una noble confianza en sí mismo, en su genio dramático. Cuando le dice a Willie Hughes:

Pero tu eterno verano no se desvanecerá,
ni perderás la posesión de lo bello que posees;
ni la Muerte se jactará de que vagas a su sombra,
cuando en versos eternos al mismo tiempo creces:
mientras los hombres puedan respirar, o los ojos puedan ver,
tanto tiempo vivirá esto, y te dará vida...

la expresión «versos eternos» alude claramente a una de sus obras, que le estaba enviando en ese momento, al igual que el dístico final señala su confianza en la probabilidad de que sus obras se representen siempre. En su discurso a la Musa Dramática (Sonetos C y CI), encontramos el mismo sentimiento:

¿Dónde estás, Musa, que olvidas tanto
hablar de aquello que te da todo tu poder?
¿Gastas tu furia en alguna canción sin valor,
oscureciendo tu poder para dar luz a los sujetos viles?

grita él, y luego procede a reprochar a la Maestra de la Tragedia y la Comedia su «descuido por la Verdad en la Belleza teñida», y dice:

Porque él no necesita alabanzas, ¿te quedarás muda?
no disculpes el silencio, pues en ti reside
el hacer que sobreviva mucho más que una tumba dorada
y que sea alabado por edades aún por venir.
Entonces haz tu oficio, Musa; yo te enseño cómo
hacer que parezca mucho más allá de lo que muestra ahora.

Sin embargo, es quizá en el soneto LV donde Shakespeare da a esta idea su expresión más plena. Imaginar que la «poderosa rima» del segundo verso se refiere al soneto en sí, es confundir por completo el significado de Shakespeare. Me parece muy probable, por el carácter general del soneto, que se refiera a una obra en particular, y que esa obra no sea otra que *Romeo y Julieta*:

Ni el mármol, ni los monumentos dorados
de los príncipes, sobrevivirán a esta poderosa rima;
sino que brillarás más en estos contenidos
que la piedra sin barrer manchada por el tiempo vago.
Cuando las guerras derrochadoras derriben las estatuas,
y las hogueras desarraiguen el trabajo de la albañilería,
ni la espada de Marte ni el fuego rápido de la guerra quemarán
el registro vivo de tu memoria.
Contra la muerte y la enemistad de todos los que olvidan
caminarás; tu alabanza aún encontrará lugar
incluso a los ojos de toda la posteridad
que desgastan este mundo hasta la perdición final.
Así, hasta el juicio, en el que tú mismo te levantes,
vivas en esto, y mores en los ojos de los amantes.

También fue extremadamente sugestivo observar cómo aquí, como en otros lugares, Shakespeare prometió a Willie Hughes la inmortalidad en una forma que atrajera a los ojos de los hombres, es decir, en una forma espectacular, en una obra para ser contemplada.

Durante dos semanas trabajé duro en los *Sonetos*, sin salir casi nunca y rechazando todas las invitaciones. Cada día parecía estar descubriendo algo nuevo, y Willie Hughes se convirtió para mí en una especie de presencia espiritual, una personalidad siempre dominante. Casi podía imaginar que lo veía de pie a la sombra de mi habitación, tan bien lo había dibujado Shakespeare, con su cabello dorado, su tierna gracia en forma de flor, sus soñadores ojos profundamente hundidos, sus delicados miembros gráciles y sus manos de lirio blanco. Su mismo nombre me fascinaba. ¡Willie Hughes! ¡Willie Hughes! ¡Qué musical sonaba! Sí; quién sino él podría haber sido el señor y señora de la pasión de Shakespeare [Soneto XX, 2], el señor de su amor al que estaba ligado en vasallaje [Soneto XXVI, 1], el delicado súbdito del placer [Soneto CXXVI, 9], la rosa del mundo entero [Soneto CIX, 14], el heraldo de la primavera [Soneto I, 10] ataviado con la orgullosa librea de la juventud [Soneto II, 3], el encantador muchacho a quien era dulce música escuchar [Soneto VIII, 1] y cuya belleza era la vestidura misma del corazón de Shakespeare [Soneto XXII, 6] como era la piedra angular de su poder dramático? ¡Qué amarga parecía ahora toda la tragedia de su deserción y su vergüenza...! Vergüenza que él hizo dulce y encantadora [Soneto XCV, 1] por la mera magia de su personalidad, pero que no dejaba de ser vergüenza. Sin embargo, como Shakespeare le perdonó, ¿no deberíamos perdonarle nosotros también? No me importaba hurgar en el misterio de su pecado.

Su abandono del teatro de Shakespeare fue un asunto diferente, y lo investigué con detenimiento. Finalmente llegué a la conclusión de que Cyril Graham se había equivocado al considerar que el dramaturgo rival del Soneto LXXX era Chapman. Era obviamente Marlowe a quien se aludía. En la época en que se escribieron los *Sonetos,* una expresión como «la orgullosa vela llena de su gran verso» no podría haberse utilizado para referirse a la obra de Chapman, por muy aplicable que fuera al estilo de sus posteriores obras jacobeas. No: Marlowe era claramente el dramaturgo rival del que Shakespeare hablaba en términos tan elogiosos; y que

Afable fantasma familiar
que cada noche le glosa con inteligencia...

era el Mefistófeles de su *Doctor Faustus*. Sin duda, Marlowe quedó fascinado por la belleza y la gracia del muchacho-actor, y lo atrajo del teatro de Blackfriars para que interpretara al Gaveston de su *Eduardo II*. Que Shakespeare tenía el derecho legal de retener a Willie Hughes en su propia compañía es evidente por el Soneto LXXXVII, donde dice:

¡Adiós! eres demasiado querido para mi posesión,
y como suficiente conoces tu estimación:
la carta de tu valor te da la liberación;
mis lazos en ti están todos determinados.
Pues ¿cómo te poseo sino por tu concesión?
¿Y para esa riqueza dónde está lo que merezco?
Falta en mí la causa de este justo don,
y así mi patente de nuevo se desvía.
Tú mismo te alegraste, desconociendo entonces tu propio valor,
o yo, a quien se lo diste, confundiéndome;

así, que tu gran don, por error creciente,
vuelve a casa, con mejor juicio.
Así te he tenido, como un sueño que halaga,
en el sueño un rey, pero al despertar ya no es así.

Pero a quien no podía retener por amor, no lo haría por la fuerza. Willie Hughes se convirtió en miembro de la compañía de Lord Pembroke y, quizá en el patio abierto de la taberna Red Bull, interpretó el papel del delicado súbdito del Rey Eduardo. A la muerte de Marlowe, parece que volvió con Shakespeare, quien, independientemente de lo que pensaran sus compañeros sobre el asunto, no tardó en perdonar la obstinación y la traición del joven actor.

¡Qué bien había dibujado Shakespeare el temperamento del actor de teatro! Willie Hughes era uno de esos

Que no hacen lo que más muestran,
que, moviendo a otros, son ellos mismos una piedra.

Podía fingir amor, pero no sentirlo, podía imitar la pasión sin darse cuenta.

En las miradas de muchos la historia del corazón falso
está escrita en estados de ánimo y ceño fruncido y arrugas extrañas,

pero con Willie Hughes no fue así. «El cielo», dice Shakespeare, en un soneto de loca idolatría:

El cielo, en tu creación, decretó
que en tu rostro habitara siempre el dulce amor;
sean cuales fueren tus pensamientos o el trabajo de tu corazón,
tus miradas no deben decir nada más que dulzura.

En su «mente inconstante» y su «corazón falso» era fácil reconocer la falta de sinceridad y la traición que, de algún modo, parecen inseparables de la naturaleza artística, al igual que en su amor por los elogios, ese deseo de reconocimiento inmediato que caracteriza a todos los actores. Y sin embargo, más afortunado en esto que otros actores, Willie Hughes iba a conocer algo de la inmortalidad. Inseparablemente unido a las obras de Shakespeare, iba a vivir en ellas.

Tu nombre desde aquí vida inmortal tendrá,
aunque yo, una vez ido, para todo el mundo he de morir:
la tierra no puede darme sino una fosa común,
cuando tú sepultado a los ojos de los hombres yacerás.
tu monumento será mi suave verso,
que ojos aún no creados leerán,
y lenguas para hablar de tu ser ensayarán,
cuando todos los que respiran en este mundo estén muertos.

Había un sinfín de alusiones, también, al poder de Willie Hughes sobre su público —los «mirones», como los llama Shakespeare—; pero quizá la descripción más perfecta de su maravillosa maestría sobre el arte dramático está en *La queja de un amante*, donde Shakespeare dice de él:

En él una plenitud de materia sutil,
aplicada a las cautelas, todas las formas extrañas recibe,
de rubores ardientes, o de agua llorosa,
o palidez desmayada; y él toma y deja,
en la aptitud de cada uno, como mejor engaña,
para ruborizarse en los discursos de rango, para llorar en las aflicciones,
o para ponerse blanco y desmayarse en los espectáculos trágicos.
Así que en la punta de su lengua subyugante,
toda clase de argumentos y preguntas profundas,
toda réplica pronta y razón fuerte,
por su ventaja aún despertaba y dormía,
para hacer reír al llorón, llorar al que ríe.
Tenía el dialecto y la habilidad diferente,
Atrapando todas las pasiones en su oficio voluntarioso.

Una vez pensé que realmente había encontrado a Willie Hughes en la literatura isabelina. En un relato maravillosamente gráfico de los últimos días del gran Conde de Essex, su capellán, Thomas Knell, nos cuenta que la noche antes de morir el Conde «llamó a William Hewes, que era su músico, para que tocara los virginales y cantara. "Toca", dijo, "mi canción, Will Hewes, y me la cantarás". Y así lo hizo con la mayor alegría, no como el cisne aullador que, mirando aún hacia abajo, espera su fin, sino como una dulce alondra que, alzando las manos y elevando los ojos a su Dios, montó con ello los cielos de cristal y alcanzó con su lengua incansable la cima de los más altos cielos». Seguramente, el muchacho que tocaba los virginales para el moribundo padre de la Stella de Sidney no era otro que el Will Hews a quien Shakespeare dedicó los *Sonetos*, y de quien nos dice que él mismo era una dulce «música para escuchar». Sin embargo, Lord Essex murió en 1576, cuando el propio Shakespeare no tenía más que doce años. Era imposible que su músico hubiera sido el Mr. W. H. de los *Sonetos*. ¿Quizás el joven amigo de Shakespeare era el hijo del que tocaba los virginales? Al menos era algo haber descubierto que Will Hews era un nombre isabelino. De hecho, el apellido Hews parece haber estado estrechamente relacionado con la música y el escenario. La primera actriz inglesa fue la encantadora Margaret Hews, a la que el Príncipe Rupert amó con locura. ¿Qué más probable que entre ella y el músico de Lord Essex hubiera surgido el muchacho-actor de las obras de Shakespeare? Pero las pruebas, los vínculos, ¿dónde estaban? ¡Ay! no podía encontrarlos. Me parecía que siempre estaba al borde de la verificación absoluta, pero que nunca podía alcanzarla realmente.

De la vida de Willie Hughes pasé pronto a pensar en su muerte. Me preguntaba cuál había sido su final.

Tal vez había sido uno de esos actores ingleses que en 1604 cruzaron el mar hasta Alemania y actuaron ante el gran Duque Enrique Julio de Brunswick, él mismo un dramaturgo de no poca monta, y en la corte de aquel extraño Elector de Brandeburgo, que estaba tan enamorado de la belleza que se decía que había comprado por su peso en ámbar al joven hijo de un comerciante griego ambulante, y que había dado desfiles en honor de su esclavo durante todo aquel espantoso año de hambruna de 1606-7, cuando la gente moría de hambre en las mismas calles de la ciudad, y durante el espacio de siete meses no llovió. Sabemos en cualquier caso que *Romeo y Julieta* se estrenó en Dresde en 1613, junto con *Hamlet* y *El rey Lear*, y seguramente no fue a otro que a Willie Hughes a quien, en 1615, la máscara mortuoria de Shakespeare fue llevada de la mano de uno de los miembros de la suite del embajador inglés, pálida señal del fallecimiento del gran poeta que tan entrañablemente le había amado. De hecho, habría habido algo peculiarmente apropiado en la idea de que el muchacho-actor, cuya belleza había sido un elemento tan vital en el realismo y el romanticismo del arte de Shakespeare, hubiera sido el primero en llevar a Alemania la semilla de la nueva cultura, y fuera a su manera el precursor de esa *Aufklärung* o Iluminación del siglo XVIII, ese espléndido movimiento que, aunque iniciado por Lessing y Herder, y llevado a su plena y perfecta culminación por Goethe, fue en no poca medida ayudado por otro actor —Friedrich Schroeder— que despertó la conciencia popular y, mediante las pasiones fingidas y los métodos miméticos del escenario, mostró la conexión íntima, vital, entre la vida y la literatura. Si esto era así —y ciertamente no había pruebas en contra— no era improbable que Willie Hughes fuera uno de esos cómicos ingleses *(mimæ quidam ex Britannia,* como los llama la vieja crónica), que fueron asesinados en Núremberg en un repentino levantamiento del pueblo, y fueron enterrados en secreto en un pequeño viñedo a las afueras de la ciudad por algunos jóvenes «que habían encontrado placer en sus actuaciones, y de los cuales algunos habían buscado ser instruidos en los misterios del nuevo arte». Ciertamente, no podía haber lugar más apropiado para aquel a quien Shakespeare dijo: «tú eres todo mi arte», que este pequeño viñedo fuera de las murallas de la ciudad. Pues ¿no fue de las penas de Dioniso de donde surgió la Tragedia? ¿No fue la risa ligera de la Comedia, con su alegría descuidada y sus rápidas réplicas, lo primero que se oyó en los labios de los viñadores sicilianos? Es más, ¿acaso la mancha púrpura y roja de la espuma del vino en la cara y los miembros no dio la primera sugerencia del encanto y la fascinación del disfraz, el deseo de ocultarse, el sentido del valor de la objetividad mostrándose así en los rudos comienzos del arte? En cualquier caso, dondequiera que yaciera —ya fuera en el pequeño viñedo a las puertas de la ciudad gótica, o en algún sombrío cementerio londinense en medio del estruendo y el bullicio de nuestra gran ciudad— ningún magnífico monumento marcó su lugar de descanso. Su verdadera tumba, como vio Shakespeare, era el verso del poeta, su verdadero monumento la permanencia del drama. Así había sucedido con otros cuya belleza había dado un nuevo impulso creativo a su época. El cuerpo de marfil del esclavo bitinio se pudre en el rezume verde del Nilo, y sobre las colinas amarillas del Cerámico se esparce el polvo del joven ateniense; pero Antinoo vive en la escultura, y Cármides en la filosofía.

III

Transcurridas tres semanas, decidí hacer un enérgico llamamiento a Erskine para que hiciera justicia a la memoria de Cyril Graham y diera al mundo su maravillosa interpretación de los *Sonetos,* la única que explicaba a fondo el problema. Lamento decir que no tengo copia de mi carta, ni he podido poner mis manos sobre el original; pero recuerdo que repasé todo el terreno y cubrí hojas de papel con la reiteración apasionada de los argumentos y pruebas que mi estudio me había sugerido. Me parecía que no sólo estaba restituyendo a Cyril Graham al lugar que le correspondía en la historia literaria, sino rescatando el honor del propio Shakespeare del tedioso recuerdo de una intriga banal. Puse en la carta todo mi entusiasmo. Puse en la carta toda mi fe.

De hecho, en cuanto lo envié, una curiosa reacción se apoderó de mí. Me pareció que había renunciado a mi capacidad de creer en la teoría de Willie Hughes sobre los *Sonetos,* que algo había salido de mí, por así decirlo, y que todo el tema me resultaba perfectamente indiferente. ¿Qué era lo que había sucedido? Es difícil decirlo. Tal vez, al encontrar la expresión perfecta para una pasión, había agotado la pasión misma. Las fuerzas emocionales, como las fuerzas de la vida física, tienen sus limitaciones positivas. Quizá el mero esfuerzo por convertir a alguien a una teoría implique alguna forma de renuncia al poder de la credibilidad. Tal vez simplemente estaba cansado de todo el asunto y, habiéndose consumido mi entusiasmo, mi razón quedó abandonada a su propio juicio falto de pasión. Fuera como fuese, y no puedo pretender explicarlo, no había duda de que Willie Hughes se convirtió de repente para mí en un mero mito, un sueño ocioso, la fantasía infantil de un joven que, como la mayoría de los espíritus ardientes, estaba más ansioso por convencer a los demás que por convencerse a sí mismo.

Como en mi carta le había dicho cosas muy injustas y amargas a Erskine, decidí ir a verle de inmediato y presentarle mis disculpas por mi comportamiento. En consecuencia, a la mañana siguiente conduje hasta Birdcage Walk, y encontré a Erskine sentado en su biblioteca, con el cuadro falsificado de Willie Hughes delante de él.

«¡Mi querido Erskine!», grité, «he venido a pedirte disculpas».

«¿Para pedirme disculpas?», dijo. «¿Por qué?».

«Por mi carta», respondí.

«No tienes nada que lamentar en tu carta», dijo. «Al contrario, tú me has hecho el mayor servicio a tu alcance. Me has demostrado que la teoría de Cyril Graham es perfectamente sólida».

«¿No querrás decir que crees en Willie Hughes?», exclamé.

«¿Por qué no?», replicó. «Tú me has demostrado la cosa. ¿Crees que no sé estimar el valor de las pruebas?».

«Pero no hay ninguna prueba», gemí, hundiéndome en una silla. «Cuando te escribí estaba bajo la influencia de un entusiasmo perfectamente tonto. Me había conmovido la historia de la muerte de Cyril Graham, fascinado por su teoría romántica, embelesado por la maravilla y la novedad de toda la idea. Ahora veo que la teoría se basa en un delirio. La única prueba de la existencia de Willie Hughes es ese cuadro que tienes delante, y el cuadro es una falsificación. No te dejes llevar por meros sentimientos en este asunto. Diga lo que diga el romanticismo sobre la teoría de Willie Hughes, la razón no tiene chances contra ella».

«No te entiendo», dijo Erskine, mirándome con asombro. «Vaya, tú mismo me has convencido con tu carta de que Willie Hughes es una realidad absoluta. ¿Por qué has cambiado de opinión? ¿O es que todo lo que me has estado diciendo no es más que una broma?».

«No puedo explicártelo», repliqué, «pero ahora veo que en realidad no hay nada que decir a favor de la interpretación de Cyril Graham. Los *Sonetos* están dirigidos a Lord Pembroke. Por el amor de Dios, no pierdas tu tiempo en un tonto intento de descubrir a un joven actor isabelino que nunca existió, y de hacer de una marioneta fantasma el centro del gran ciclo de los *Sonetos* de Shakespeare».

«Veo que no entiendes la teoría», respondió.

«Mi querido Erskine», grité, «¡que no la entiendo! Vaya, me siento como si la hubiera inventado yo. Sin duda, mi carta te demuestra que no sólo profundicé en el asunto, sino que aporté pruebas de todo tipo. El único defecto de la teoría es que presupone la existencia de la persona cuya existencia es objeto de disputa. Si concedemos que había en la compañía de Shakespeare un joven actor llamado Willie Hughes, no es difícil convertirlo en el objeto de los *Sonetos*. Pero como sabemos que no había ningún actor de este nombre en la compañía del Globe Theatre, es ocioso proseguir la investigación».

«Pero eso es exactamente lo que no sabemos», dijo Erskine. «Es muy cierto que su nombre no aparece en la lista que figura en el primer folio; pero, como señaló Cyril, eso es más bien una prueba a favor de la existencia de Willie Hughes que en contra, si recordamos su traicionera deserción de Shakespeare por un dramaturgo rival».

Discutimos el asunto durante horas, pero nada de lo que yo pudiera decir consiguió que Erskine renunciara a su fe en la interpretación de

Cyril Graham. Me dijo que tenía la intención de dedicar su vida a probar la teoría y que estaba decidido a hacer justicia a la memoria de Cyril Graham. Le rogué, me reí de él, le supliqué, pero fue inútil. Finalmente nos separamos, no exactamente enfadados, pero ciertamente con una sombra entre nosotros. Él me creía superficial, yo le creía tonto. Cuando volví a visitarle, su criado me dijo que se había ido a Alemania.

Dos años después, cuando entraba en mi club, el portero del vestíbulo me entregó una carta con matasellos extranjero. Era de Erskine, y estaba escrita en el Hôtel d'Angleterre, Cannes. Cuando la leí me llené de horror, aunque no acababa de creer que estuviera tan loco como para llevar a la práctica su resolución. El meollo de la carta era que había intentado por todos los medios verificar la teoría de Willie Hughes y había fracasado, y que como Cyril Graham había dado su vida por esta teoría, él mismo había decidido dar también la suya por la misma causa. Las palabras finales de la carta eran éstas: «Sigo creyendo en Willie Hughes; y para cuando recibas esto, habré muerto por mi propia mano por el bien de Willie Hughes: por su bien y por el bien de Cyril Graham, a quien llevé a la muerte por mi superficial escepticismo y mi ignorante falta de fe. La verdad te fue revelada una vez, y la rechazaste. Ahora te llega manchada con la sangre de dos vidas, no la rechaces».

Fue un momento horrible. Me sentía enfermo de miseria y, sin embargo, no podía creerlo. Morir por las propias creencias teológicas es el peor uso que un hombre puede hacer de su vida, ¡pero morir por una teoría literaria! Parecía imposible.

Miré la fecha. La carta tenía una semana. Alguna desafortunada casualidad me había impedido ir al club durante varios días, de lo contrario podría haberla recibido a tiempo para salvarlo. Quizá no era demasiado tarde. Me dirigí a mis habitaciones, recogí mis cosas y partí en el correo nocturno desde Charing Cross. El viaje fue intolerable. Pensé que nunca llegaría.

En cuanto lo hice me dirigí al Hôtel l'Angleterre. Me dijeron que Erskine había sido enterrado dos días antes en el cementerio inglés. Había algo horriblemente grotesco en toda la tragedia. Dije todo tipo de disparates y la gente del vestíbulo me miraba con curiosidad.

De repente, Lady Erskine, muy enlutada, atravesó el vestíbulo. Al verme se acercó a mí, murmuró algo sobre su pobre hijo y rompió a llorar. La conduje a su salón. Allí la esperaba un señor mayor. Era el médico inglés.

Hablamos mucho sobre Erskine, pero no dije nada sobre su motivo para suicidarse. Era evidente que no le había dicho nada a su madre sobre la razón que le había impulsado a un acto tan fatal, tan loco. Finalmente, Lady Erskine se levantó y dijo: «George le dejó algo como recuerdo. Era algo que él apreciaba mucho. Se lo traeré».

En cuanto salió de la habitación me volví hacia el doctor y le dije: «¡Qué terrible conmoción debe haber sido para Lady Erskine! Me sorprende que lo soporte tan bien como lo hace».

«Oh, ella sabía desde hace meses que se acercaba», respondió.

«¡Lo sabía desde hace meses!», grité. «¿Pero por qué no lo detuvo? ¿Por qué no le hizo vigilar? Debía de estar loco».

El médico me miró fijamente. «No sé a qué se refiere», dijo.

«Bueno», grité, «si una madre sabe que su hijo va a suicidarse…».

«¡Suicidio!», respondió. «El pobre Erskine no se suicidó. Murió de tisis. Vino aquí a morir. En cuanto le vi supe que no había esperanza. Un pulmón casi había desaparecido y el otro estaba muy afectado. Tres días antes de morir me preguntó si había alguna esperanza. Le dije francamente que no había ninguna, y que sólo le quedaban unos días de vida. Escribió algunas cartas y se mostró bastante resignado, conservando la cordura hasta el final».

En ese momento, Lady Erskine entró en la habitación con el fatal retrato de Willie Hughes en la mano. «Cuando George agonizaba me rogó que le diera esto», dijo. Cuando lo tomé, sus lágrimas cayeron sobre mi mano.

El cuadro cuelga ahora en mi biblioteca, donde es muy admirado por mis amigos artistas. Han decidido que no es un Clouet, sino un Oudry. Nunca me he preocupado por contarles su verdadera historia. Pero a veces, cuando lo miro, pienso que realmente hay mucho que decir a favor de la teoría de Willie Hughes sobre los *Sonetos* de Shakespeare.

CLÁSICOS EN ESPAÑOL

Esperamos que haya disfrutado esta lectura. ¿Quiere leer otra obra de nuestra colección de *Clásicos en español*?

En nuestro Club del Libro encontrarás artículos relacionados con los libros que publicamos y la literatura en general. ¡Suscríbete en nuestra página web y te ofrecemos un ebook gratis por mes!

Recibe tu copia totalmente gratuita de nuestro *Club del libro* en
rosettaedu.com/pages/club-del-libro

Rosetta Edu

CLÁSICOS EN ESPAÑOL

Una habitación propia se estableció desde su publicación como uno de los libros fundamentales del feminismo. Basado en dos conferencias pronunciadas por Virginia Woolf en colleges para mujeres y ampliado luego por la autora, el texto es un testamento visionario, donde tópicos característicos del feminismo por casi un siglo son expuestos con claridad tal vez por primera vez.

Oscar Wilde escribe una sola novela, *El retrato de Dorian Gray*; ésta fue el objeto de una crítica moralizante mordaz por parte de sus contemporáneos que no pudieron ver que dentro de una trama perfectamente compuesta se escondía toda la tragedia del romanticismo. Cien años después no ha perdido su impacto original y sigue siendo un texto fundamental para los debates sobre la estética y la moral.

Otra vuelta de tuerca es una de las novelas de terror más difundidas en la literatura universal y cuenta una historia absorbente, siguiendo a una institutriz a cargo de dos niños en una gran mansión en la campiña inglesa que parece estar embrujada. Los detalles de la descripción y la narración en primera persona van conformando un mundo que puede inspirar genuino terror.

rosettaedu.com

Rosetta Edu

EDICIONES BILINGÜES

En una atmósfera constante de misterio y amenaza, *El corazón de las tinieblas* narra el peligroso viaje de Marlow por un río (sin duda el Congo aunque no es nombrado en el relato) africano. Lo que el marino puede observar en su viaje le horroriza, le deja perplejo, y pone en tela de juicio las bases mismas de la civilización y la naturaleza humana.

Durante décadas, y acercándose a su centenario, *El gran Gatsby* ha sido considerada una obra maestra de la literatura y candidata al título de «Gran novela americana» por su dominio al mostrar la pura identidad americana junto a un estilo distinto y maduro. La edición bilingüe permite apreciar los detalles del texto original y constituye un paso obligado para aprender el inglés en profundidad.

En *La señora Dalloway* Virginia Woolf relata un día en la vida de Clarissa Dalloway, una señora de la clase alta casada con un miembro del parlamento inglés, y de un ex-combatiente que lucha contra su enfermedad mental. La innovación de la novela es la corriente de consciencia: Woolf sigue el pensamiento de cada personaje, siendo excelente a la hora de narrar emociones, asociaciones y sentimientos.

rosettaedu.com

www.ingramcontent.com/pod-product-compliance
Lightning Source LLC
Chambersburg PA
CBHW061455210726
48287CB00007B/2512